刘师培 讲

中国中古文学史

刘师培 ◎ 著

河南人民出版社
·郑州·

图书在版编目（CIP）数据

刘师培讲中国中古文学史 / 刘师培著 . -- 郑州 ：
河南人民出版社，2025.4
ISBN 978-7-215-13485-0

Ⅰ．①刘… Ⅱ．①刘… Ⅲ．①中国文学－古代文学史
Ⅳ．① I209.2

中国国家版本馆 CIP数据核字（2024）第 027933号

河南人民出版社 出版发行

（地址：郑州市郑东新区祥盛街27号　邮政编码：450016　电话：0371-65788077）

新华书店经销　　　　　环球东方（北京）印务有限公司印刷

开本：710 mm×1000 mm　1/16　　　　　　　印张：12.25

字数：137千

2025年4月第1版　　　　　　2025年4月第1次印刷

定价：66.00元

出版说明

　　一代有一代之学问，今之学问，沿袭历代者有之，梳理绾结者有之。20世纪初期，一批学人视野宏阔，学问源深，或执着于学术一域成一家之言，或总结往昔学问之变成一代之范：梁启超的《中国近三百年学术史》，王国维的《宋元戏曲史》，吕思勉的《中国通史》……经百年汰洗，皆为经典，启迪学林，被奉为圭臬，而今读来，受用非常。

　　出版界珍之惜之，刊刻不辍。感谢首版拓荒之功，再版多依旧貌。几经流传，讹误增生，实属正常。20世纪初期出版略显粗糙，用字前后不统一、繁体异体混杂等现象几占满篇，而百年后的阅读习惯亦与当时的书写习惯大相径庭，个别表达今日读来似不顺畅，在当时则不为拗口。多家出版社编辑变通性情，一改订正"鲁鱼亥豕"之旧习，也不敢以今人阅读标准刀砍斧劈，以彰出版时代之特性，保留一代大师语言之风格。

　　鄙社有传播优秀学术之责任，精选诸种经典作品收入"大家讲史"系列丛书，对照权威版本，保持原文样貌。时人兼顾不周、今人为病者不改，但对明眼错讹，不能"带沙入眼"，如"清、嘉道以后……"，这个顿号显为赘余；"三百年无过而者"，"而"应为"问"，无论语言怎么变化，"而"字用于此处是没有道理的。

别扭处，认真辨别，苦心细磨，给予订正，使之几臻完善，这是编辑功夫所在。

此次再版，主旨未变、文风未变，变的是书的"颜值"。此"大家讲史"系列，实为良品，品质值得信赖，若得读者诸君悦读之趣，则吾社甚慰焉。

河南人民出版社编辑部

乙巳年二月七日

目　录

中国中古文学史讲义

汉魏六朝专家文研究

中国中古文学史讲义

第一课　概论

物成而丽，交错发形，分动而明，刚柔判象，在物金然，文亦犹之。惟是捽欲通嘈，纮埏实同，偶类齐音，中邦臻极。何则？准声署字，修短揆均，字必单音，所施斯适。远国异人，书违颉诵，翰藻弗殊，侔均斯逊。是则音泮轻轩，象昭明两，比物丑类，泯踦从齐，切响浮声，引同协异，乃禹域所独然，殊方所未有也。

此一则明俪文律诗为诸夏所独有，今与外域文学竞长，惟资斯体。

《易大传》曰："物相杂故曰文。"《论语》曰："郁郁乎文哉。"由《易》之说，则青白相比、玄黄厝杂之谓也；由《语》之说，则会集众彩、含物化光之谓也。嗣则浚长《说文》，诂道相诠；成国《释名》，即绣为辟。准萌造字之基，顾诐正名之指，文匪一端，殊途同轨。必重明丽正，致饰尽亨，缀兆舒疾，周旋矩规，然后考命物以极情性，观形容以况物宜，故能光明上下，劈措万类，未有志白贲而说翰如，执素功以该缋事者也。

此一则申明文诂，俾学者顾名思义，非偶词俪语，弗足言文。

　　文区科杲，流衍万殊：董贾摛词，未均美绌；彦和综律，始阐音和。清浊周疏，间世斯审，后贤所闿，古或未昭。何则？人性之能，别声被色而已。声弗过五，而生变比音，弗可胜奏；色弗过五，而成文不乱，不可胜宣。故舞佾在庭，方员自形，蕤宾孔和，林钟遐应，因物而作，或秉自然。至若龙璪齐晖，上下异昭，笙镛节律，间代而鸣，彰彩谐音，率繇世巧。由是而言，前哲因情以纬文，后贤截文以适轨。故沉思翰藻，今古斯同，而美媲黄裳，六朝臻极。挽近论文，恒以后弗承前为诂，然六爻之位，皆繇左右，剪偶隆奇，曷云成列？况周冕玉藻，前后邃延，骤易夏收，必乖俯仰。至于律吕宫商，虽基沈沦，然锡銮失和，虽有金辂樊缨，末由昭其度，双璜错鸣，虽有缊韨幽衡，末由俦其娓。故文而弗俪，治丝以棼之说也；俪不和律，琴瑟�壹之说也。

此一则证明齐梁文词于律为进，弗得援后世弗逮程律之作，上薄齐梁。

　　著诚去伪，从质舍文，两词颇似，旨弗同科。世儒瞀犹，以质诠诚。不知说而丽明，物睽斯类，明不可息，冥升奚贞？古入公门，必彰列彩，杂服是习，不愆安礼。火

龙可贱，於昔蔑闻。夫蔑席之平，素衣之襈，犹必画纯铄
其华，朱绣炜其祒，况于记久明远，经纬天地者乎？孔崇
先进，旨主刺时，故有质无文，葛卢垂贬。质果可复，则
是彪蒙匪吉，虎炳匪孚，子羽未可休，棘成未足绌也。又
隋唐以前，便章文笔，五代而降，拽类翕观。袒褐在躬，
袭蒙衮裳之名，土铏是饭，因云雕俎可齐。董仲舒有言：
"名生于真，非其真，弗以为名。"背厥真名，此万民所
由丧察也。

此一则诠明沉思翰藻，弗背文律，归、茅、方、姚之伦，弗得
以华而弗实相訾。

文崇六代，惟主考型。若夫宣究流衍，撢引绪岢，
习肆所及，两汉实先。譬之大飨，丹漆丝纩，庭实旅陈，
蒲越稿鞂，兼昭贵本，于礼有然，庸伤翩反？况复娴习雅
故，底究六籍，扬、马、张、蔡，各臻厥茂，伐柯取则，
执一封域，率迪众长，或庶几焉。

此一则明六朝以前之文，必当研习。

第二课　文学辨体

此篇以阮氏《文笔对》为主，特所引群书，以类相从，各附案词，以明文轨。

《晋书·蔡谟传》：文笔论议，有集行于世。

《宋书·傅亮传》：高祖登庸之始，文笔皆是记室参军滕演，北征广固，悉委长史王诞。

《北史·魏高祖纪》：有大文笔，马上口授。

《魏书·温子昇传》：台中文笔，皆子昇为之。

《北史·温子昇传》：张皋写子昇文笔，传于江外。

《北齐书·李广传》：毕义云集其文笔十卷。

《陈书·陆琰传》：其所制文笔多不存本。

《陈书·刘师知传》：工文笔。

《陈书·徐伯阳传》：年十五以文笔称。

据上九证，知古云文笔，犹今人所云诗文、诗词，确为二体。

《南史·颜延之传》：宋文帝问延之诸子才能。延之曰："竣得臣笔，测得臣文。"

据上一证，知文之与笔，弗必两工，犹今工文者，弗必工诗也。

梁元帝《金楼子·立言篇》云：夫子门徒，转相师受，通圣人之经者谓之儒。屈原、宋玉、枚乘、长卿之徒，止于辞赋，则谓之文。今之儒，博穷子史，但能识其事，不能通其理者，谓之学。至如不便为诗如阎纂，善为章奏如伯松，若此之流，泛谓之笔；吟咏风谣，流连哀思者谓之文。

又云：笔，退则非谓成篇，进则不云取义，神其巧惠（案：惠、慧古通），笔端而已。至如文者，惟须绮縠纷披，宫徵靡曼，唇吻道会，情灵摇荡。而古之文笔，今之文笔，其源又异。

刘勰《文心雕龙·总术篇》云：今之常言，有文有笔，以为无韵者笔也，有韵者文也。

据上三证，是偶语韵词谓之文，凡非偶语韵词概谓之笔。盖文以韵词为主，无韵而偶，亦得称文。《金楼》所诠，至为昭晰。

《汉书·楼护传》：长安号曰"谷子云笔札"。

《梁书·任昉传》：尤长载笔。

《南史·沈约传》：彦昇工于笔。

《陈书·徐陵传》：国家有大手笔，皆陵草之。

《陈书·陆琼传》：讨周迪、陈宝应等，都官符及诸大手笔，并敕付琼。

《唐书·蒋偕传》：三世踵修国史，世称良笔。

据上六证，是官牒史册之文，古概称笔。盖笔从"聿"声，古名"不聿"，"聿""述"谊同。故其为体，惟以直质为工，据事直书，弗尚藻彩。《礼·曲礼篇》曰："史载笔。"孔修《春秋》亦曰："笔则笔，削则削。"后世以降，凡体之涉及传状者，均笔类也。陆机《文赋》，诠述诗赋十体，弗及传记，亦其明征。

《南史·孔珪传》：与江淹对掌辞笔。

《陈书·岑之敬传》：雅有辞笔。

据上二证，均辞笔并言，"辞"字作"词"，"词"与"文"同。《说文》云："词，意内而言外也。"《周易·乾文言》曰："修辞立其诚。"又《系辞上》曰："系辞焉以尽其言。"修饰互文，系辍同情，是词之为体，迥异直言。屈宋之作，汉标《楚辞》，亦其证也。是知六朝之辞，亦以偶语韵文为限。

《梁书·刘潜传》：字孝仪，秘书监孝绰弟也。绰常曰"三笔六诗"，三即孝仪，六孝威也。

《梁书·庾肩吾传》载简文《与湘东王论文》曰：诗既若此，笔又如之。

《北史·萧圆肃传》：撰时人诗笔为《文海》四十卷。

《杜甫集·寄贾司马严使君诗》：贾笔论孤愤，严诗赋几篇。

赵璘《因话录》：韩文公与孟东野友善。韩公文至高，孟长于五言，时号"孟诗韩笔"。

据上五证，均诗笔并言。盖诗有藻韵，其类亦可称文；笔无藻韵，唐人散体概属此类。故昌黎之作，在唐称笔；后世文家，奉为正宗；是均误笔为文者也。

《南齐书·晋安王子懋传》：文章诗笔，乃是佳事。

据上一证，是笔与诗、文并殊。

刘禹锡《中山集·祭韩侍郎文》：子长在笔，予长在论。

据上一证，是笔与论殊。盖笔主直书，论则兼尚植指，故《文赋》隶论于文，于记事之体则否。

合前列各证观之，知散行之体，概与文殊。唐宋以降，此谊弗明，散体之作，亦入文集。若从孔子正名之谊，则言无藻韵，弗得名文，以笔冒文，误孰甚焉。又文苑列传，前史佥同。唐宋以降，文学陵迟，仅工散体，恒立专传，名实弗昭，万民丧察，因并辨之。

第三课　论汉魏之际文学变迁

建安文学，革易前型，迁蜕之由，可得而说：两汉之世，户习七经，虽及子家，必缘经术；魏武治国，颇杂刑名，文体因之，渐趋清峻，一也。建武以还，士民秉礼，迨及建安，渐尚通侻，侻则侈陈哀乐，通则渐藻玄思，二也。献帝之初，诸方棋峙，乘时之士，颇慕纵横，骋词之风，肇端于此，三也。又汉之灵帝，颇好俳词（见杨赐《蔡邕传》），下习其风，益尚华靡，虽迄魏初，其风未革，四也。今摘史乘群书之文，涉及文学变迁者，条列如下：

《文心雕龙·时序篇》：自哀、平陵替，光武中兴，深怀图谶，颇略文华。然杜笃献诔以免刑，班彪参奏以补令，虽非旁求，亦不遐弃。及明帝叠耀，崇爱儒术，肆礼璧堂，讲文虎观，孟坚珥笔于国史，贾逵给札于瑞颂；东平擅其懿文，沛王振其通论，帝则藩仪，辉光相照矣。自安、和已下，迄至顺、桓，则有班、傅、三崔，王、马、张、蔡，磊落鸿儒，才不时乏，而文章之选，存而不论。然中兴之后，群才稍改前辙，华实所附，斟酌经辞，盖历政讲聚，故渐靡儒风者也。降及灵帝，时好辞制，造羲皇之书，开鸿都之赋，而乐松之徒，招集浅陋，故杨赐号为骚兜，蔡邕比之俳优，其余风遗文，盖蔑如也。自献帝播迁，文学蓬转。建安之末，区宇方辑。魏武以相王之尊，雅爱诗章；文帝以副君之重，妙善辞赋；陈思以公子之豪，下笔琳琅。并体貌英逸，故俊才云蒸。仲宣委质于汉南，孔璋归命于河北，伟长从宦于青土，公干徇质于海隅，德琏综其斐然之思，元瑜展其翩翩之乐，文蔚、休伯之俦，于叔（邯郸淳字，元作子俶）、德祖（杨修字）之侣，傲雅觞豆之前，雍容衽席之上，洒笔以成酣歌，和墨以藉谈笑。观其时文，雅好慷慨，良由世积乱离，风衰俗怨，并志深而笔长，故梗概而多气也。至明帝纂戎，制诗度曲，征篇章之士，置崇文之观，何（晏）、刘（劭）群才，迭相照耀。少主相仍，唯高贵英雅，顾盼合章，动言成论。于时正始余风，篇体轻澹，而嵇、阮、应、缪，并驰文路矣。

案：此篇略述东汉三国文学变迁，至为明晰，诚学者所当参考也。

《魏志·王粲传》：粲字仲宣，山阳高平人也。献帝西迁，粲徙长安。左中郎将蔡邕见而奇之。时邕才学显著，贵重朝廷，常车骑填巷，宾客盈坐。闻粲在门，倒屣迎之。粲至，年既幼弱，容状短小，一坐尽惊。邕曰："此王公孙也。有异才，吾不如也。吾家书籍文章，尽当与之。"年十七，司徒辟，诏除黄门侍郎，以西京扰乱，皆不就，乃之荆州依刘表。表以粲貌寝而体弱通侻，不甚重也。表卒，粲劝表子琮，令归太祖。太祖辟为丞相掾，赐爵关内侯，后迁军谋祭酒。魏国既建，拜侍中。博物多识，问无不对。时旧仪废弛，兴造制度，粲恒典之。初，粲与人共行，读道边碑，人问曰："卿能暗诵乎？"曰："能。"因使背而诵之，不失一字。观人围棋，局坏，粲为复之，棋者不信，以帊盖局，使更以他局为之，用相比较，不误一道。其强记默识如此。性善算，作《算术》，略尽其理。善属文，举笔便成，无所改定，时人常以为宿构，然正复精意覃思，亦不能加也。著诗、赋、论、议，垂六十篇。建安二十一年，从征吴。二十二年春，道病，卒，时年四十一。始文帝为五官将，及平原侯植，皆好文学。粲与北海徐干字伟长、广陵陈琳字孔璋、陈留阮瑀字元瑜、汝南应玚字德琏、东平刘桢字公干，并见友善。干为司空军谋祭酒掾属，五官将文学。琳前为何进主簿。进欲诛诸宦官，太后不听，进乃召四方猛将，并使引兵向京城，欲以劫恐太后，竟以取祸。琳避难冀州，袁绍使典文章。袁氏败，琳归太祖。瑀少受学于蔡邕。建安中，都护曹洪欲使掌书记，瑀终不为屈。太祖并以琳、瑀为司空军谋祭酒，管记室，军国书檄，多琳、瑀所作也。琳徙门下督，瑀为仓曹掾属。玚、桢各被太祖辟为丞相掾属。玚转为平原侯庶子，后为五官将文学。桢以不敬被刑，刑竟署吏。咸著文赋数十篇。瑀以十七年卒，干、琳、玚、桢二十二年卒。文帝书与元城令吴质曰："昔年疾疫，亲故多离其灾：徐、陈、应、刘，一时俱逝。观古今文人，类不护细行，鲜能以名节自立。而伟长独怀文抱质，恬淡寡欲，有箕山之志，可谓彬彬君子矣；著《中论》二十余篇，辞义典雅，足传于后。德琏常斐然有述作意，其才学足以著书，美志不遂，良可痛惜。孔璋章表殊健，微为繁富。公干有逸气，但未遒耳。元瑜书记翩翩，致足乐也。仲宣独自善于辞赋，惜其体弱，不起其文，至于所善，古人无以远过也。昔伯牙绝弦于钟期，仲尼覆醢于子路，痛知音之难遇，伤门人之莫逮也。诸子但为未及古人，自一时之隽也。"自颍川邯郸淳、繁钦，陈留路粹，沛国丁仪、丁廙，弘农杨修，河内荀纬等，亦有文采，而不在此七人之例。场弟璩、璩子贞，咸以文章显。璩官至侍中，贞咸熙中参相国军事。瑀子籍，才藻艳逸，而倜傥放荡，行己寡欲，以庄周为模则，官至步兵校尉。时又有谯郡嵇康，文辞壮丽，好言老庄，而尚奇任侠，至景元中坐事诛。景初中，下邳桓威，出自孤微，年十八而著《浑舆经》，依道以见意，从齐国门下书佐、司徒署吏，后为安成令。吴质，济阴人，以文才为文帝所善，官至振威将军，假节都督河北诸军事，封列侯。（摘录）

附录

《卫觊传》：觊字伯儒。少夙成，以才学称，受诏典著作，又为《魏官仪》，凡所撰述数十篇。建安末，河南潘勖，黄初时，河内王象，亦与觊并以文章显。

《刘廙传》：廙字恭嗣，著书数十篇，及与丁仪共论刑礼，并传于世。

《刘劭传》：劭字孔才。凡所撰述《法论》《人物志》之类百余篇。同时东海缪袭，亦有才学，多所述叙。袭友人山阳仲长统，汉末作《昌言》。陈留苏林、京兆韦诞、谯国夏侯惠、任城孙该、河东杜挚等，亦著文赋，颇传于世。

《陈思王植传》：撰录植前后所著赋、颂、诗、铭、《新论》，凡百余篇。

《中山恭王衮传》：能属文，凡所著文章二万余言。才不及陈思王，而好与之侔。

《王朗传》：朗著《易》《春秋》《孝经》《周官》传，奏议、论、记咸传于世。

《刘放传》：善为书檄，三祖诏命，有所招喻，多放所为。

《蜀志·郤正传》：凡所著述，诗、论、赋之属垂百篇。

《吴志·韦曜、华覈传》：曜、覈所论事章疏，咸传于世也。

据以上诸传，可审三国人文之大略。

《魏志·文帝纪评》：文帝天资文藻，下笔成章，博闻强识，才艺兼该。

《陈思王植传评》：陈思文才富艳，足以自通后叶。

《王粲等传评》：昔文帝、陈王以公子之尊，博好文采，同声相应，才士并出。惟粲等六人，最见名目。

又云：卫觊亦以多识典故，相时王之式。刘劭该览学籍，文质周洽。刘廙以清鉴著。

《蜀志·秦宓传评》：文藻壮美。

《郤正传评》：文辞粲烂，有张、蔡之风。

《吴志·王蕃、楼玄、贺邵、韦曜、华覈传评》：薛莹称蕃弘博多通，玄才理条畅，邵机理清要，曜笃学好古，有记述之才。胡冲以为玄、贺、蕃一时清妙，略无优劣；必不得已，玄宜在先，邵当次之，华覈文赋之才，有过于曜，而典诰不及也。（节录）

据以上诸评，可审三国文体之大略。

魏文帝《典论》：文人相轻，自古而然。傅毅之于班固，伯仲之间耳，而固小之，与弟超书曰："武仲以能属文为兰台令史，下笔不能自休。"夫人善于自见，而文非一体，鲜能备善，是以各以所长，相轻所短。里语曰："家有弊帚，享之千金。"斯不自见之患也。今之文人，鲁国孔融文举、广陵陈琳孔璋、山阳王粲仲宣、北海徐干伟长、陈留阮瑀元瑜、汝南应玚德琏、东平刘桢公干，斯七子者，于学无所遗，于辞无所假，咸以自骋骥骤于千里，仰齐足而并驰，以此相服，亦良难矣。盖君子审己以度人，故能免于斯累而作论文。王粲长于辞赋，徐干时有奇气，然粲之匹也。如粲之《初征》《登楼》《槐赋》《征思》，干之《玄猿》《漏卮》《圆扇》《橘赋》，虽张、蔡不过也。然于他文，未能称是。琳、瑀之章、表、书记，今之隽也。应玚和而不壮，刘桢壮而不密。孔融体气高妙，有过人者，然不能持论，理不胜词，以至乎杂以嘲戏，及其所善，扬、班俦也。常人贵远贱近，向声背实，又患暗于自见，谓己为贤。夫文本同而末异，盖奏议宜雅，书论宜理，铭诔尚实，诗赋欲丽，此四科不同，故能之者偏也，唯通才能备其体。文以气为主，气之清浊有体，不可力强而致。譬诸音乐，曲度虽均，节奏同检，至于引气不齐，巧拙有素，虽在父兄，不能以移子弟。盖文章经国之大业，不朽之盛事，年寿有时而尽，荣乐止乎其身，二者必至之常期，未若文章之无穷。是以古之作者，寄身于翰墨，见意于篇籍，不假良史之辞，不托飞驰之势，而声名自传于后。故西伯幽而演《易》，周旦显而制礼，不以隐约而弗务，不以康乐而加思。夫然，则古人贱尺璧而重寸阴，惧乎时之过已。而人多不能强力，贫贱则慑于饥寒，富贵则流于逸乐，遂营目前之务，而遗千载之功，日月逝于上，体貌衰于下，忽然与万物迁化，斯志士之大痛也。融等已逝，唯干著论，成一家言。

案：此篇推论建安文学优劣，深切著明。文气之论，亦基于此。

魏文帝《与吴质书》：昔年疾疫，亲故多离其灾，徐、陈、应、刘，一时俱逝，痛可言邪！昔日游处，行则连舆，止则接席，何曾须臾相失？每至觞酌流行，丝竹并奏，酒酣耳热，仰而赋诗，当此之时，忽然不自知乐也。谓百年已分，可长共相保，何图数年之间，零落略尽，言之伤心！顷撰其遗文，都为一集，观其姓名，已为鬼录，追思昔游，犹在心目，而此诸子，化为粪壤，可复道哉！观古今文人，类不护细行，鲜能以名节自立。而伟长独怀文抱质，恬淡寡欲，有箕山之志，可谓彬彬君子者矣，著《中论》二十余篇，成一家之言，辞义典雅，足传于后，此子为不朽矣。德琏常斐然有述作之意，其才学足以著书，美志不遂，良可痛惜。间者历览诸子之文，对之抆泪，既痛逝者，行自念也。孔璋章表殊健，微为繁富。公干有逸气，但未道耳，其五言诗之善者，妙绝时人。元瑜书记翩翩，致足乐也。仲宣独自善于辞赋，惜其体弱，不足起其文，至于所善，古人无以远过。昔伯牙绝弦于钟期，仲尼覆醢于子路，痛知音之难遇，伤门人之莫逮。诸子但为未及古人，自一时之隽也。今之存者，已不逮矣，后生可畏，来者难诬，然恐吾与足下不及见也。年行已长大，所怀万端，时有所虑，至通夜不瞑，志意何时复类昔日？已成老翁，但未白头耳。光武言："年三十余，在兵中十岁，所更非一。"吾德不及之，年与之齐矣。以犬羊之质，服虎豹之文；无众星之明，假日月之光，动见瞻观，何时易乎？恐永不复得为昔日游也！少壮真当努力，

年一过往，何可攀援？古人思秉烛夜游，良有以也。（此篇据《文选》录）

曹子建《与杨德祖书》：仆少小好为文章，迄至于今，二十有五年矣。然今世作者，可略而言也。昔仲宣独步于汉南，孔璋鹰扬于河朔，伟长擅名于青土，公干振藻于海隅，德琏发迹于北魏，足下高视于上京。当此之时，人人自谓握灵蛇之珠，家家自谓抱荆山之玉。吾王于是设天网以该之，顿八纮以掩之，今悉集兹国矣。然此数子，犹复不能飞轩绝迹，一举千里。以孔璋之才，不闲于辞赋，而多自谓能与司马长卿同风，譬画虎不成反为狗也。前书嘲之，反作论盛道仆赞其文。夫钟期不失听，于今称之，吾亦不能妄叹者，畏后世之嗤余也。世人著述，不能无病。仆尝好人讥弹其文，有不善者，应时改定。昔丁敬礼常作小文，使仆润饰之，仆自以才不过若人，辞不为也。敬礼谓仆："卿何所疑难？文之佳恶，吾自得之。后世谁相知定吾文者耶？"吾尝叹此达言，以为美谈。昔尼父之文辞，与人通流，至于制《春秋》，游、夏之徒，乃不能措一辞。过此而言不病者，吾未之见也。盖有南威之容，乃可以论于淑媛；有龙泉之利，乃可以议其断割。刘季绪才不能逮于作者，而好诋诃文章，掎摭利病。昔田巴毁五帝、罪三王、呰五霸于稷下，一日而服千人，鲁连一说，使终身杜口。刘生之辩，未若田氏，今之仲连，求之不难，可无息乎？人各有好尚：兰茝荪蕙之芳，众人所同好，而海畔有逐臭之夫；《咸池》《六茎》之发，众人所共乐，而墨翟有非之之论，岂可同哉？今往仆少小所著辞赋一通相与。夫街谈巷说，必有可采，击辕之歌，有应风雅，匹夫之思，未易轻弃也。辞赋小道，固未足以揄扬大义，彰示来世也，昔扬子云先朝执戟之臣耳，犹称壮夫不为也。吾虽德薄，位为蕃侯，犹庶几戮力上国，流惠下民，建永世之业，留金石之功，岂徒以翰墨为勋绩，辞赋为君子哉！

又，德祖答书亦云：若仲宣之擅江表，陈氏之跨冀城，徐、刘之显青、豫，应生之发魏国，斯皆然矣。至于修者，听采风声，仰德不暇，自周章于省览，何遑高视哉！

案：以上数书，于建安诸子文学得失，足审大凡。

《文心雕龙·才略篇》：孔融气盛于为笔，祢衡思锐于为文，有偏美焉。潘勖凭经以骋才，故绝群于锡命；王朗发愤以托志，亦致美于序铭。然自卿、渊已前，多俊才而不课学；雄、向已后，颇引书以助文，此取与之大际，其分不可乱者也。魏文之才，洋洋清绮，旧谈抑之，谓去植千里，然子建思捷而才俊，诗丽而表逸；子桓虑详而力缓，故不竞于先鸣。而乐府清越，《典论》辩要，迭用短长，亦无懵焉。但俗情抑扬，雷同一响，遂令文帝以位尊减才，思王以势窘益价，未为笃论也。仲宣溢才，捷而能密，文多兼善，辞少瑕累，摘其诗赋，则七子之冠冕乎。琳、瑀以符檄擅声，徐干以赋论标美，刘桢情高以会采，应场学优以得文，路粹、杨修颇怀笔记之工，丁仪、邯郸亦含论述之美，有足算焉。刘劭《赵都》，能攀于前修；何晏《景福》，克光于后进。休琏（应璩）风情，则《百壹》标其志；吉甫（璩子应贞字）文理，则《临丹》成其采。

《文心雕龙·体性篇》：仲宣躁锐，故颖出而才果；公干气褊，故言壮而情骇。

《文心雕龙·风骨篇》：故魏文称文以气为主，气之清浊有体，不可力强而致。故其论孔融则云体气高妙，论徐干则云时有齐气，论刘桢则云时有逸气。公干亦云孔氏卓卓，信含异气，笔墨之性，殆不可胜。并重气之旨也。

案：彦和所论三则，于建安文学得失，品评綦当。

《宋书·谢灵运传论》：若夫平子艳发，文以情变，绝唱高踪，久无嗣响。至于建安，曹氏基命，二祖、陈王，咸蓄盛藻，甫乃以情纬文，以文被质。自汉至魏，四百余年，辞人才子，文体三变：相如巧为形似之言，班固长于情理之说，子建、仲宣以气质为体，并标能擅美，独映当时。是以一世之士，各相慕习。源其飚流所始，莫不同祖《风》《骚》，徒以赏好异情，故意制相诡。

案：此节独标气质为说，与彦和所论文气合。

《文心雕龙·明诗篇》：又古诗佳丽，或称枚叔，其《孤竹》一篇，则傅毅之词，比采而推，两汉之作乎。观其结体散文，直而不野，婉转附物，惆怅切情，实五言之冠冕也。至于张衡《怨篇》，清曲可味，《仙诗》《缓歌》，雅有新声。暨建安之初，五言腾踊。文帝、陈思，纵辔以骋节；王、徐、应、刘，望路而争驱。并怜风月，狎池苑，述恩荣，叙酣宴，慷慨以任气，磊落以使才，造怀指事，不求纤密之巧，驱词逐貌，惟取昭晰之能，此其所同也。

案：此节明建安诗体殊于东汉中叶之作。

《文心雕龙·乐府篇》：至宣帝雅颂，诗效《鹿鸣》，迄及元、成，稍广淫乐，正音乖俗，其难也如此。暨后郊庙，惟杂雅章，辞虽典文，而律非夔、旷。至于魏之三祖，气爽才丽，宰割辞调，音靡节平。观其"北上"众引，"秋风"列篇，或述酣宴，或伤羁戍，志不出于淫荡，辞不离于哀思，虽三调之正声，实《韶》《夏》之郑曲也。

案：此节明建安乐府变旧作之体。

《文心雕龙·铨赋篇》：及仲宣靡密，发端必遒；伟长博通，时逢壮采。

《文心雕龙·颂赞篇》：魏晋辨颂，鲜有出辙。

《文心雕龙·诔碑篇》：至如崔骃诔赵，刘陶诔黄，并得宪章，工在简要。陈思叨名，而体实烦缓，《文皇诔》末，旨言自陈，其乖甚矣。

又云：自后汉以来，碑碣云起，才锋所断，莫高蔡邕。孔融所创，有慕伯喈，张、陈两文，辨给足采，亦其亚也。

《文心雕龙·哀吊篇》：建安哀辞，惟伟长差善，《行女》一篇，时有恻怛。

《文心雕龙·谐隐篇》：至魏文因俳说以著《笑书》，薛综凭宴会而发嘲调，虽抃推（疑"雅"字）席而无益时用矣。

又云：荀卿《蚕赋》，已兆其体。至魏文、陈思，约而密之。高贵乡公博举品物，虽有小巧，用乖远大。

《文心雕龙·论说篇》：魏之初霸，术兼名、法。傅嘏、王粲，校练名、理。

《文心雕龙·诏策篇》：建安之末，文理代兴。潘勖《九锡》，典雅逸群；卫觊《禅诰》（疑有脱字），符命炳耀，弗可加矣。

《文心雕龙·章表篇》：昔晋文受册，三辞从命，是以汉末让表，以三为断。曹公称为表不必三让，又勿得浮华。所以魏初表章，指事造实，求其靡丽，则未足美矣。

又云：文举之荐祢衡，气扬采飞；孔明之辞后主，志尽文畅，虽华实异旨，并表之英也。琳、瑀章表，有誉当时，孔璋称健，则其标也。陈思之表，独冠群才，观其体赡而律调，辞清而志显，应物掣巧，随变生趣，执辔有余，故能缓急应节矣。

《文心雕龙·奏启篇》：魏代名臣，文理迭兴，若高堂《天文》，黄观（即王观）《教学》，王朗《节省》，甄毅《考课》，亦尽节而知治矣。

《文心雕龙·书记篇》：公干笺记，丽而规益，子桓弗论，故世所共遗，若略名取实，则有美于为诗矣。

案：以上各条，于建安文章各体之得失，以及与两汉异同之故，均能深切著明，故摘录之。（魏人所作文集，具详《隋经籍志》，兹不赘述。）

又案：建安文学，实由文帝、陈王提倡于上。观文帝《典论·选篇》云："所著书、论、诗、赋，凡六十篇。"（《御览》九十三引）又《与王朗书》曰："惟立德扬名，可以不朽，其次莫如著篇籍。故论撰所著《典论》、诗、赋，盖百余篇，集诸儒于肃城门内，讲论大义，侃侃无倦。"（《魏志·文帝纪注》）又作《叙诗》云："为太子时，北园及东阁讲堂并赋诗，命王粲、刘桢、阮瑀、应场称同作。"（《初学记》十引）此均文帝自述之词也。（卞兰《赞述太子赋》序，亦谓"沉思泉涌，发藻云浮"。）

又案：陈思王《前录·序》曰："故君子之作也。俨乎若高山，勃乎若浮云，质素也如秋蓬，擒藻也如春葩，氾乎洋洋，光乎皓皓，与《雅》《颂》争流可也。余少而好赋，其所尚也，雅好慷慨，所著繁多，虽触类而作，然芜秽者众，故删定别撰，为《前录》七十八篇。"（《艺文类聚》五十五篇）此为思王自述之词。故明帝《追录陈思王遗文诏》亦曰："自少至终，篇籍不离于手。"又曰："撰录植前后所著赋、颂、诗、铭、著论，凡百余篇，副藏内外。"（《魏志·植传》）是思王之文，久为当世所传，故一时文人兴起者众。至于明帝，虽文采渐衰，然亦笃好艺文，观其《以所作〈平原公主诔〉手诏陈王植》曰："吾既薄才，至于赋、诔特不闲。从儿陵上还，哀怀未散，作儿诔，为田公家语耳。"（《御览》五百九十六引。案此诔不传。）陈王答表则言："文义相扶，章章殊兴，句句感切。"（《御览》五百九十六引）此为明帝工文之证。又高贵乡公《原和迫等作诗稽留诏》云："吾以暗昧，爱好文雅，广延诗赋，以知得失。"（《魏志》本纪）此又少王提倡文学之证也。故有魏一朝，文学独冠于吴、蜀。

又案：魏代名贤，于当时文学之士，亦多评品之词。如吴质《答魏太子笺》曰："陈、徐、应、刘，才学所著，于雍容侍从，实其人也。"（《文选》）《答东阿王书》亦曰："众贤所述，亦各有志。"（《文选》）均即七子之文言也。

又案：陈思王《王仲宣诔》曰："文若春华，思若涌泉，发言可咏，下笔成篇。"（《文选》）王粲《阮文瑜诔》曰："简书如雨，强力敏成。"（《艺文类聚》引）鱼豢《魏略·武诸王传论》曰："植之华采，思若有神。"（《魏志·任城王等传》裴注引）亦均文章定论。自此以外，若陈思王《与吴季重书》云："后所来讯，文采委曲，晔若春华，浏若清风。"（《文选》）殷褒《荐朱俭表》曰："飞辞抗论，骆驿奇逸。"（《艺文类聚》五十三引）明帝诏何桢云："扬州别驾何桢，有文章才。"（《御览》五百八十七引）亦足补史传之缺。至若吴质论元瑜、孔璋，以为不能持论。（吴质《答魏太子笺》谓："东方朔、枚皋之徒，不能持论，即阮、陈之俦也。"）鱼豢论王、繁诸子，仅云"光泽足观"。（《魏志·王粲传》注引鱼豢《魏略·王、繁、阮、陈、路传论》曰："寻省往者，鲁连、邹阳之徒，援譬引类，以解缔结，诚彼时文辨之隽也。今览王、繁、阮、陈、路诸人，前后文旨，亦何昔不若哉！其所以不论者，时世异耳。"又曰："譬之朱漆，虽无桢干，其为光泽，亦壮观也。"）虽为一时之言，亦千古之定说也。

又案：文章各体，至东汉而大备。汉魏之际，文家承其体式，故辨别文体，其说不淆。如魏文《答卞兰教》云："赋者，言事类之所附也。颂者，美盛德之形容。"（《魏志·卞后传》注引）又陈思王《上卞太后诔表》曰："臣闻铭以述德，诔以述哀。"（《艺文类聚》十五）均其证也。惟东汉以来，赞颂铭诔之文，渐事虚辞，颇背立诚之旨。故桓范《世要论·赞象篇》曰："夫赞象所作，所以昭述勋德，思咏政惠。此盖诗颂之末流，宜由上而兴，非专下而作也。若言不足纪，事不足述，虚而为盈，亡而为有，此圣人之所疾，庶人之所耻。"又《铭诔篇》曰："夫渝世富贵，乘时要世，爵以赂至，官以贿成。而门生故吏，合集财货，刊石纪功，称述勋德：高邈伊、周，下陵管、晏，远追豹、产，近逾黄、邵。势重者称美，财富者文丽，欺耀当时，疑误后世。"（以上二篇均见《群书治要》）于当时文弊，诠论至详。（其《铭诔篇》又谓诔谥乃人主权柄，而汉世不禁，使私称与王命争流，臣子与君上俱用。盖谓诔文乃君上所锡，不当私作，其说亦与古合。）盖文而无实，始于斯时，非惟韵文为然也，即作论著书，亦蹈此失。故《世要论·序作篇》曰："世俗之人，不解作体，而务泛溢之言，不存有益之义。"（《群书治要》）文胜之弊，即此可睹。故援引其说，以见当时文学之得失，亦以见文章各体，由质趋华，非一朝一夕之故，其所由来者渐矣。（汉人惟为己书作序，未有为他书作序者。有之，自三国始。）

第三课　附录

汉魏之际，文学变迁，既如上课所述矣。然其变迁之迹，非证以当时文章各体，不足以考其变迁之由。今略录祢衡以下文章十二篇，以明概略。

一　祢衡《鲁夫子碑》　受天至精，纯粹睿哲。崇高足以长世，宽容足以广包，幽明足以测神，文藻足以辨物。然而敏学以求之，下问以谉之，虚心以受之，深思以咏之。愍周道之回遹，悼九畴之乖悖，故发愤忘食，应聘四方。鲁以大夫之位，任以国政之权，譬若飞鸿鸾于中庭，骋骐骥于闾巷也。是以期月之顷，五教克谐，移风易俗，邦国肃焉，无思不服。懿文德以纡余，缀三五之纪纲，流洪耀之休赫，旷万世而扬光。夫文明以动，天则也；广大无疆，地德也；六经混成，洪式也。备此三者，圣极也。合吉凶于鬼神，遂殂落于梦寐。是以风烈流行，无所不通，故立石铭勋，以示昭明。辞曰：煌煌上天，笃降若人，邈矣幽哉，千祀一邻。明德弘监，情性存存，奕奕纯嘏，稽宪乾坤。曜彼灵祇，以训黎元，终日乾乾，配天之行。在险而正，在困而亨，穷达之运，委诸穹苍。日月则阴，天地不光，圣睿殂崩，大猷不纲。（《艺文类聚》二十。案：此篇《类聚》所引，似缺篇首数语。）

二　祢衡《吊张衡文》　南岳有精，君诞其姿，清和有理，君达其机，故能下笔绣辞，扬手文飞。昔伊尹值汤，吕尚遇旦，嗟矣君生，而独值汉。苍蝇争飞，凤凰已散，元龟可羁，河龙可绊。石坚而朽，星华而灭，唯道兴隆，悠悠永绝。□□靡滞，君音与浮，河水有竭，君声永流。周旦先没，发梦孔丘，余生虽后，身亦存游，士贵知己，君其勿忧。（《太平御览》五百九十六）

案：东汉之文，均尚和缓。其奋笔直书，以气运词，实自衡始。《鹦鹉赋序》谓："衡因为赋，笔不停缀，文不加点。"知他文亦然。是以汉魏文士，多尚骈辞，或慷慨高厉，或溢气坌涌（孔融《荐祢衡疏》语），此皆衡文开之先也。（孔融引重衡文，即以此启。故融之所作，多范伯喈，惟荐衡表，则效衡体，与他篇文气不同。）

三　陈琳《为曹洪与魏文帝书》　十一月五日洪白：前初破贼，情奓意奢，说事颇过其实。得九月二十日书，读之喜笑，把玩无厌。亦欲令陈琳作报，琳顷多事，不能得为，念欲远以为欢，故自竭老夫之思。辞多不可一二，粗举大纲，以当谈笑。汉中地形，实有险固，四岳三涂，皆不及也。彼有精甲数万，临高守要，一夫挥戟，万夫不得进。而我军过之，若骇鲸之决细网，奔兕之触鲁缟，未足以喻其易。虽云王者之师，有征无战，不义而强，古今常有。故唐、虞之世，蛮夷猾夏，周宣之盛，亦仇大邦，《诗》《书》叹载，言其难也。斯皆凭阻恃远，故使其然。是以察兹地势，谓为中材处之，殆难仓卒。来命陈彼妖惑之罪，叙王师旷荡之德，岂不信然！是夏、殷所以丧，苗、扈所以毙，我之所以克，彼之所以败也，不然，商、周何以不敌哉？昔鬼方聋昧，崇虎谗凶，殷辛暴虐，三者皆下科也。然高宗有三年之征，文王有退修之军，孟津有再驾之役，然后殪戎胜殷，有此武功。未有星流景集，飙奋霆击，长驱山河，朝至暮捷，若今者也。由此观之，彼固不逮下愚，则中才之守不然，明矣。在中才则谓不然，而来示乃以为彼之恶稔，虽有孙、田、墨、翟，犹无所救，窃又疑焉。何者？古之用兵，敌国虽乱，尚有贤人，则不伐也。是故三仁未去，武王还师；宫奇在虞，晋不加戎；季梁犹在，强楚挫谋。暨至众贤奔绌，三国为墟，明其无道有人，犹可救也。且夫墨子之守，萦带为垣，高不可登；折箸为械，坚不可入。若乃距阳平，据石门，摅八阵之列，骋奔牛之权，焉肯土崩鱼烂哉？设令守无巧拙，皆可攀附，则公输已陵宋城，乐毅已拔即墨矣，墨翟之术何称？田单之智何贵？老夫不敏，未之前闻。盖闻过高唐者，效王豹之讴；游睢、涣者，学藻缋之彩。间自入益部，仰司马、扬、王遗风，有子胜斐然之志，故颇奋文辞，异于他日。怪乃轻其家丘，谓为倩人，是何言欤？未骐骥垂耳于林垌，鸿雀戢翼于污池，衰之者固以为园囿之凡鸟，外厩之下乘也。及整兰筋，挥劲翮，陵厉清浮，顾盼千里，岂可谓其借翰于晨风，假足于六驳哉？恐犹未信丘言，必大噱也。洪白。（《文选》）

案：孔璋之文，纯以骈辞为主，故文体渐流繁富。《文选》所载《檄豫州》《檄吴将校部曲》二文，亦与此同。文之由简趋烦，盖自此始。

四　吴质《答东阿王书》　质白：信到。奉所惠贶，发函伸纸，是何文采之巨丽，而慰喻之绸缪乎！夫登东岳者，然后知众山之逦迤也；奉至尊者，然后知百里之卑微也。自旋之初，伏念五六日，至于旬时，精散思越，惘若有失。非敢美宠光之休，慕狩顿之富。诚以身贱犬马，德轻鸿毛，至乃历玄阙，排金门，升玉堂，伏虚槛于前殿，临曲池而行觞。既威仪亏替，言辞漏渫，虽恃平原养士之懿，愧无毛遂耀颖之才；深蒙薛公折节之礼，而无冯谖三窟之效；屡获信陵虚左之德，又无侯生可述之美。凡此数者，乃质之所以愤积于胸臆，怀眷而悒邑者也。若追前宴，谓之未究，倾海为酒，并山为肴，伐竹云梦，斩梓泗滨，然后极雅意，尽欢情，信公子之壮观，非鄙人之所庶几也。若质之志，实在所天，思投印释韨，朝夕侍坐，钻仲父之遗训，览老氏之要言，对清酤而不酌，抑嘉肴而不享，使西施出帷，嫫母侍侧，斯盛德之所蹈，明哲之所保也。若乃近者之观，实荡鄙心，秦筝发徽，二八迭奏，埙箫激于华屋，灵鼓动于座右，耳嘈嘈于无闻，情踊跃于鞍马。谓可北慑肃慎，使贡其楛矢；南震百越，使献其白雉。又况权、备，夫何足视乎！还治讽采所著，观省英玮，实赋颂之宗，作者之师也。众贤所述，亦各有志。昔赵武过郑，七子赋诗，《春秋》载列，以为美谈。质，小人也，无以承命，又所答贶，辞丑义陋，申之再三，赧然汗下。此邦之人，闲习辞赋，三事大夫，莫不讽诵，何但小吏之有乎？重惠苦言，训以政事，恻隐之恩，形乎文墨。墨子回车，而质四年，虽无德与民，式歌且舞，儒墨不同，固以久矣。然一旅之众，不足以扬名；步武之间，不足以骋迹，若不改辙易御，将何以效其力哉！今处此而求大功，犹绊良骥之足，而责以千里之任；槛猿猴之势，而望其巧捷之能者也。不胜见恤，谨附遗白答，不敢繁辞。吴质白。（《文选》）

五　应璩《与曹长思书》　璩白：足下去后，甚相思想。叔田有无人之歌，闉阇有匪存之思，风人之作，岂虚也哉！王肃以宿德显授，何曾以后进见拔，皆鹰扬雄视，有万里之望。薄援助者，不能追参于高妙，复敛翼于故枝，块然独处，有离群之志。汲黯乐在郎署，何武耻为宰相，千载揆之，知其有由也。德非陈平，门无结驷之迹；学非扬雄，堂无好事之客；才劣仲舒，无下帷之思；家贫孟公，无置酒之乐。悲风起于闺闼，红尘蔽于机榻。幸有袁生，时步玉趾，樵苏不爨，清谈而已，有似周党之过闵子。夫皮朽者毛落，川涸者鱼逝，春生者繁华，秋荣者零悴，自然之数，岂有恨哉？聊为大弟陈其苦怀耳。想还在近，故不益言。璩白。（《文选》）

六　陶丘一《荐管宁表》　臣闻龙凤隐耀，应德而臻；明哲潜遁，俟时而动。是以鸷鸷鸣岐，周道兴隆；四皓为佐，汉帝用康。伏见太中大夫管宁，应二仪之中和，总九德之纯懿，含章素质，冰洁渊清，玄虚澹泊，与道逍遥，娱心黄、老，游志六艺，升堂入室，究其阃奥，韬古今于胸怀，包道德之机要。中平之际，黄巾陆梁，华夏倾荡，王纲弛顿，遂避时难，乘桴越海，羁旅辽东，三十余年。在《乾》之《姤》，匿景藏光，嘉遁养浩，韬韫儒墨，潜化傍流，畅于殊俗。黄初四年，高祖文皇帝畴咨群公，思求隽义，故司徒华歆举宁应选。公车特征，振翼遐裔，翻然来翔，行遇屯厄，遭罹疾病，即拜太中大夫。烈祖明皇帝嘉美其德，登为光禄勋。宁疾弥留，未能进道。今宁旧疾已瘳，行年八十，志无衰倦，环堵荜门，偃息穷巷，饭鬻糊口，并日而食，吟咏诗书，不改其乐。困而能通，遭难必济，经危蹈险，不易其节，金声玉色，久而弥彰。揆其终始，殆天所祚，当赞大魏，辅亮雍熙，衮职有阙，群下属望。昔高宗刻象，营求贤哲，周文启龟，以卜良佐。况宁前朝所表，名德已著，而久栖迟，未时引致，非所以奉遵明训，继成前志也。陛下践阼，纂承洪绪，圣敬日跻，超越周成，每发德音，动咨师傅。若继二祖，招贤故典，宾礼俊迈，以广缉熙，济济之化，侔于前代。宁清高恬泊，拟迹前轨，德音卓绝，海内无偶。历观前世，玉帛所命，申公、枚乘、周党、樊英之俦，测其渊源，览其清浊，未有厉俗独行若宁者也。诚宜束帛加璧，备礼征聘，仍授几杖，延登东序，敷陈坟索，坐而论道，上正璇玑，协和皇极，下阜群生，彝伦攸叙，必有可观，光益大化。若宁固执匪石，守志箕山，追迹洪崖，参踪巢、许，斯亦圣朝同符唐、虞，优贤扬历，垂声千载，虽出处殊途，俯仰异体，至于兴治美俗，其揆一也。（《魏志·管宁传》）

案：以上三文，体虽不同，然均词浮于意，足以考文体恢张之渐。盖东汉之文，虽多反复申明之词，然不以隶事为主，亦不徒事翰藻也。

　　七　丁仪《刑礼论》　天垂象，圣人则之。天之为岁也，先春而后秋；君之为治也，先礼而后刑。春以生长为德，秋以杀戮为动；礼以教训为美，刑以威严为用。故先生而后杀，天之为岁也；先教而后罚，君之为治也。天不以久远更其春冬，而人得以古今改其礼刑哉？太古之世，民故质朴，质朴之民，宜其易化。是以中古之君子，或结绳以治，或象刑惟明。夏后肉辟，民转奸诈，刑弥兹繁，礼亦如之。由斯言之，古之刑省，礼亦宜略。今所论辨，虽出传记之前，夫流东源不得西，景正形不得倾，自然之势也。后世礼刑，俱失于前，先后之宜，故自有常。今夫先刑者，用其末也，由礼禁未然之前，谓难明之礼，古人不能行也。按如所云礼，嫂叔不亲之属也，非太古之礼也。所云礼者，岂此也哉？古者民少而兽多，未有所争，民无患则无所思，故未有君焉。后民祸多，强暴弱，于是有贤人焉，平其多少，均其有无，推逸取劳，以身先之，民获其利，归而乐之，乐之得为君焉。夫刑之记君也，精具筋力，民畏其强，而不敢校，得为君也。恐上古未具刑罪之品，设逋亡之法，惧彼为我，而以勇力侵暴于己。能与则校，不能归奉之，明矣。且上古之时贼耳，非所谓君也。（此段有误文。）上古虽质，宜所以为君，会当先别男女，定夫妇，分土地，班食物，此先以礼也。夫妇定而后禁淫焉，万物正而后止窃，此后刑也。（《艺文类聚》五十四）

案：东汉论文，如《延笃》《仁孝》之属，均详引经义，以为论断。其有直抒己意者，自此论始。魏代名理之文，其先声也。（又：《类聚》十一引王粲《难钟荀太平论》，二十引孔融《圣人优劣论》，亦与此体略同，惟非全文。）

八　刘廙《政论·疑贤篇》　自古人君，莫不愿得忠贤而用之也，既得之，莫不访之于众人也。忠于君者，岂能必利于人？苟无利于人，又何能保誉于人哉？故常愿之于心，而常失之于人也。非愿之之不笃而失之也，所以定之之术非也。故为忠者，获小赏而大乖违于人，恃人君之独知之耳，而获访之于人，此为忠者福无几，而祸不测于身也。得于君，不过斯须之欢；失于君，而终身之故患。荷赏名而实穷于罚也。是以忠者逝而遂，智者虑而不为。为忠者不利，则其为不忠者利矣。凡利之所在，人无不欲；人无不欲，故无不为不忠矣。为君者以一人而独虑于众奸之上，虽至明而犹困于见暗，又况庸君之能睹之哉？庸人知忠之无益于己，而私名之可以得于人，得于人可以重于君也，故笃私交，薄公义，为己者殖而长之，为国也抑而割之，是以直实之人黜于国，阿欲之人盈于朝矣。由是田、季之恩隆，而齐、鲁之政衰也。虽戒之市朝，示之刀锯，私欲益盛，齐、鲁日困，何也？诚威之以言，而赏之以实也。好恶相错，政令日弊。昔人曰：为君难，不其然哉？（《群书治要》）

九　蒋济《万机论·刑论篇》　患之巨者，狡猾之狱焉。狡黠之民，不事家事，烦贷乡党，以见厌贱，因反忿恨，看国家忌讳，造诽谤，崇饰戏言，以成丑语。被以叛逆，告白长吏，或内利疾恶尽节之名，外以为功，遂使无罪，并门灭族，父子孩耄，肝脑涂地，岂不剧哉！求媚之臣，侧人取舍，虽烝子啖君，孤己悦主，而不惮也。况因捕叛之时，无悦亲之民，必获尽节之称乎？夫妄造诽谤，虚书叛逆，狡黠之民也。而诈忠者，知而族之，此国之大残，不可不察也。（《群书治要》）

案：上二篇足稔魏代子书，纯以推极利弊为主，不尚华词，与东汉异。

十　杜恕《请令刺史专民事不典兵疏》　帝王之道，

莫尚乎安民；安民之术，在于丰财；丰财者，务本而节用也。方今二贼未灭，戎车亟驾，此自熊虎之士展力之秋也。然缙绅之儒，横加荣慕，扼腕抗论，以孙、吴为首；州郡牧守，咸共忽恤民之术，修将率之事。农桑之民，竞干戈之业，不可谓务本。帑藏岁虚，而制度岁广，民力岁衰，而赋役岁兴，不可谓节用。今大魏奄有十州之地，而承丧乱之弊，计其户口，不如往昔一州之民。然而二方僭逆，北虏未宾，三边遘难，绕天略匝。所以统一州之民，经营九州之地，其为艰难，譬策羸马以取道里，岂可不加意爱惜其力哉？以武皇帝之节俭，府藏充实，犹不能十州拥兵，郡且二十也。今荆、扬、青、徐、幽、并、雍、凉缘边诸州，皆有兵矣。其所恃内充府库，外制四夷者，惟兖、豫、司、冀而已。臣前以州郡典兵，则专心军功，不勤民事，宜别置将守，以尽治理之务。而陛下复以冀州宠秩吕昭。冀州户口最多，田多垦辟，又有桑枣之饶，国家征求之府，诚不当复任以兵事也。若以北方当须镇守，自可专置大将以镇安之。计所置吏士之费，与兼官无异。然昭于人才尚复易，中朝苟乏人，兼才者势不独多。以此推之，知国家以人择官，不为官择人也。官得其人，则政平讼理。政平，故民富实；讼理，故囹圄虚空。陛下践阼，天下断狱百数十人，岁岁增多，至五百余人矣。民不益多，法不益峻。以此推之，非政教陵迟，牧守不称之明效欤？往年牛死，通率天下，十能损二，麦不半收，秋种未下。若二贼游魂于疆场，飞刍挽粟，千里不及。究此之术，岂在强兵乎？武士劲卒愈多，愈多愈病耳。夫天下犹人之体，腹心充实，四支虽病，终无大患。今兖、豫、司、冀，亦天下之腹心也。是以愚臣偻偻，实愿四州之牧守，独修务本之业，以堪四支之重。然孤论难持，犯欲难成，众怨难积，疑似难分，故累载不为明主所察。凡言此者，类皆疏贱，疏贱之言，实未易听。若使善策必出于亲贵，固不犯四难以求忠爱，此古今之所常患也。（《三国志·杜畿传》）

十一　夏侯玄《时事议》　夫官才用人，国之柄也。故铨衡专于台阁，上之分也；孝行存乎闾巷，优劣任之乡人，下之叙也。夫欲清教审选，在明其分叙，不使相涉而已。何者？上过其分，则恐所由之不本，而干势驰骛之路开；下逾其叙，则恐天爵之外通，而机权之门多矣。夫天爵下通，是庶人议柄也；机权多门，是纷乱之原也。自州郡中正品度官才之来，有年载矣，缅缅纷纷，未闻整齐，岂非分叙参错，各失其要之所由哉！若令中正但考行伦辈，伦辈当行均，斯可官矣。何者？夫孝行著于家门，岂不忠恪于在官乎？仁恕称于九族，岂不达于为政乎？义断行于乡党，岂不堪于事任乎？三者之类，取于中正，虽不处其官名，斯任官可知矣。行有大小，比有高下，则所任之流，亦焕然明别矣。奚必使中正干铨衡之机于下，而执机柄者有所委仗于上，上下交侵，以生纷错哉？且台阁临下，考功校否，众职之属，各有官长，旦夕相考，莫究于此。间阎之议，以意裁处，而使匠宰失位，众人驱骇，欲风俗清静，其可得乎？天台县远，众所绝意，所得至者，更在侧近，孰不修饰以要所求？所求有路，则修己家门者，已不如自达于乡党矣。自达乡党者，已不如自求之于州邦矣。苟开之有路，而患其饰真离本，虽复严责中正，督以刑罚，犹无益也。岂若使各帅其分，官长则各以其属能否献之台阁；台阁则据官长能否之第，参以乡间德行之次，拟其伦比，勿使偏颇；中正则唯考其行迹，别其高下，审定辈类，勿使升降。台阁总之，如其所简，或有参错，则其责负自在有司。官长所第，中正辈拟，比随次率而用之，如其不称，责负在外。然则内外相参，得失有所，互相形检，孰能相饰？斯则人心定而事理得，庶可以静风俗而审官才矣。（《三国志·玄传》。此上系议之首篇，《志》之所载，尚有《论官制》及《论文质》二篇，兹弗录。）

案：东汉奏疏，多含蓄不尽之词。魏人奏疏之文，纯尚真实，无不尽之词。观此二篇，足稔大概。

十二　王肃《请恤杀平刑疏》　大魏承百王之极，生民无几，干戈未戢，诚宜息民而惠之以安静遐迩之时也。夫务畜积而息疲民，在于省徭役而勤稼穑。今宫室未就，功业未讫，运漕调发，转相供奉。是以丁夫疲于力作，农者离其南亩，种谷者寡，食谷者众，旧谷既没，新谷莫继，斯则有国之大患，而非备豫之长策也。今见作者三四万人，九龙可以安圣体，其内足以列六宫。显阳之殿，又向将毕。惟泰极已前，功夫尚大，方向盛寒，疾疢或作。诚愿陛下发德音，下明诏，深愍役夫之疲劳，厚矜兆民之不赡，取常食廪之士，非急要者之用，选其丁壮，择留万人，使一期而更之，咸知息代有日，则莫不悦以及事，劳而不怨矣。计一岁有三百六十万夫，亦不为少。当一岁成者，听且三年，分遣其余，使皆即农，无穷之计也。仓有溢粟，民有余力，以此兴功，何功不立？以此行化，何化不成？夫信之于民，国家大宝也。仲尼曰："自古皆有死，民非信不立。"夫区区之晋国，微微之重耳，欲用其民，先示以信。是故原虽将降，顾信而归，用能一战而霸，于今见称。前车驾当幸洛阳，发民为营，有司命以营成而罢。既成，又利其功力，不以时遣。有司徒营其目前之利，不顾经国之体。臣愚以为：自今以后，傥复使民，宜明其令，使必如期，若有事以次，宁复更发，无或失信。凡陛下临时之所行刑，皆有罪之吏，宜死之人也，然众庶不知，谓为仓卒。故愿陛下下之于吏，而暴其罪，钧其死也，无使污于宫掖，而为远近所疑。且人命至重，难生易杀，气绝而不续者也，是以圣贤重之。孟轲称："杀一无辜以取天下，仁者不为也。"汉时，有犯跸惊乘舆马者，廷尉张释之奏使罚金。文帝怪其轻，而释之曰："方其时，上使诛之则已。今下廷尉。廷尉，天下之平也，一倾之，天下用法皆为轻重，民安所措其手足？"臣以为大失其义，非忠臣所宜陈也。廷尉者，天子之吏也，犹不可以失平，而天子之身，反可以惑谬乎？斯重于为己，而轻于为君，不忠之甚也。周公曰："天子无戏言。言则史书之，工诵之，士称之。"言犹不戏，而况行之乎？故释之之言，不可不察；周公之戒，不可不法也。（《魏志》本传）

案：此疏与前二疏同。

又案：《文心雕龙》诸书，或以魏代文学与汉不异。不知文学变迁，因自然之势。魏文与汉不同者，盖有四焉：书檄之文，骋词以张势，一也；论说之文，渐事校练名理，二也；奏疏之文，质直而屏华，三也；诗赋之文，益事华靡，多慷慨之音，四也。凡此四者，概与建安以前有异，此则研究者所当知也。

第四课　魏晋文学之变迁

　　魏代自太和以迄正始，文士辈出。其文约分两派：一为王弼、何晏之文，清峻简约，文质兼备，虽阐发道家之绪，实与名、法家言为近者也。此派之文，盖成于傅嘏，而王、何集其大成，夏侯玄、钟会之流，亦属此派。溯其远源，则孔融、王粲实开其基。一为嵇康、阮籍之文，文章壮丽，摭采骈辞，虽阐发道家之绪，实与纵横家言为近者也。此派之文，盛于竹林诸贤。溯其远源，则阮瑀、陈琳已开其始。惟阮、陈不善持论，孔、王虽善持论，而不能藻以玄思，故世之论魏晋文学者，昧厥远源之所出。今征引群籍，以著魏晋文学之变迁，且以明晋宋文学之渊源，以备参考。（凡论文学之变迁，当观其体势若何，然后文派异同，可得而说。）

甲　傅嘏及王何诸人

　　《三国志·魏·傅嘏传》：常论才性同异，钟会集而论之。

　　《三国志·嘏传》注引《傅子》曰：嘏既达治好正，而有清理识要，好论才性，原本精微，鲜能及之。司隶校尉钟会，年甚少，嘏以明智交会。

《世说新语·文学篇》：傅嘏善言虚胜，荀粲谈尚玄远，每至共语，有争而不相喻。裴冀州释二家之义，通彼我之怀，常使两情相得，彼此具畅。（案：刘注引《荀粲别传》云："粲到京邑与傅嘏谈，嘏善名理，粲尚玄远。"）

案：与嘏同时善言名理者，为荀粲。裴松之《三国志·荀彧传注》引何邵《荀粲传》曰："粲字奉倩（即彧少子）。诸兄并以儒术论议，而粲独好言道。常以为子贡称'夫子之言性与天道，不可得闻'，然则六籍虽存，固圣人之糠秕。粲兄俣难曰：'《易》亦云圣人立象以尽意，系辞焉以尽言，则微言胡为不可得而闻见哉？'粲答曰：'盖理之微者，非物象之所举也。今称立象以尽意，此非通于意外者也；系辞焉以尽言，此非言乎系表者也。斯则象外之意，系表之言，固蕴而不出矣。'当时能言者莫能屈。"（案：《世说注》摘引此文，称《荀粲别传》，知《别传》即邵所撰《粲传》也。）"粲与嘏善，夏侯玄亦亲。常谓嘏、玄曰：'子等在世途间，功名自胜我，但识劣我耳。'嘏难曰：'能盛功名者，识也。天下孰有本不足而末有余者耶？'粲曰：'功名者，志局之所奖也。然则志局自一物耳，固非识之所独济也。'"此荀粲善言名理之证。又《世说·文学篇》刘注引《管辂传》曰："裴使君（即谓裴徽，徽字文季，曾为冀州刺史。）有高才逸度，善言玄妙。"《世说·文学篇》亦曰："王辅嗣弱冠诣裴徽。徽问曰：'夫无者，诚万物之所资。圣人莫肯致言，而老氏申之无已，何耶？'弼曰：'圣人体无，无又不可以训，故言必及有。老、庄未免于有，恒训其所不足。'"此裴徽喜言名理之证。徽、粲言理之文，今鲜可考，然清谈之风，实基于此。盖嘏、粲诸人，其辨理名理，均当明帝太和时，固较王、何为尤早也。

　　《文心雕龙·论说篇》：傅嘏、王粲，校练名理。

　　案：嘏文载于《魏志》本传者，有《征吴对》《难邵考课法》各篇。（《难邵考课法》，语语核实，近于名、法家言。是知嘏言名理，实由综核名实为基。）又，《艺文类聚》所引，有《请立贵妃为皇后表》《皇初颂》。其《才性论》不传。

　　又案：《雕龙》以嘏与王粲并言。《艺文类聚》所引粲文，有《难钟荀太平论》，其词曰："圣莫盛于尧，而洪水方割，丹朱淫虐，四族凶佞矣。帝舜因之，而三苗畔戾矣。禹又因之，而防风为戮矣。此三圣，古之所大称也，继踵相承，且二百年，而刑罚未尝一世而乏也。然则此三圣能平，三圣能平则何世能致之乎？孔子称曰：'唯上智与下愚不移。'不移者，丹朱、四凶、三苗之谓也。当纣之世，殷罔不小大，好草窃奸宄。周公迁殷顽民于洛邑，其下愚之人必有之矣。周公之于三圣，不能逾也。三圣有所不化矣，有所不移矣。周公之不能化殷之顽民，所可知也。苟不可移，必或犯罪，罪而弗刑，是失所也；犯而刑之，刑不可错矣。孟轲有言：'尽信书不如无书。'有大而言之者，'刑错'之属也。岂亿兆之民，历数十年而无一人犯罪，一物失所哉？谓之无者，尽信书之谓也。"又《安身论》曰："盖崇德莫盛乎安身，安身莫大乎存政，存政莫重乎无私，无私莫深乎寡欲。是以君子安其身而后动，易其心而后语，定其交而后行。然则动者，吉凶之端也；语者，荣辱之主也；求者，利病之几也；行者，安危之决也。故君子不妄动也，必适于道；不徒语也，必经于理；不苟求也，必造于义；不虚行也，必由于正。夫然，用能免或击之凶，厚自天之佑。故身不安则殆，言不顺则悖，交不审则惑，行不笃则危，四者存乎中，则忧患接乎外矣。忧患之接，必生于自私，而兴于有欲。自私者不能成其私，有欲者不能济其欲，理之至也。"观此二文，知粲工持论，雅似魏晋诸贤。其他所著，别有《儒吏论》《务本论》《爵论》，亦见《类聚》诸书所引，均于名法之言为近。《魏志·粲传》引《典略》曰："粲才既高，辩论应机。"岂不信哉？（王辅嗣为王业之子，业即粲之嗣子也。知辅嗣善持论，亦承仲宣之传。）

《三国志·魏·钟会传》：会弱冠，与山阳王弼并知名。弼好论儒道，辞才逸辩，注《易》及《老子》，为尚书郎，年二十余卒。（裴注云："弼字辅嗣。"）

又《曹爽传》：何晏，何进孙也。少以才秀知名，好老、庄言，作《道德论》及诸文赋，著述凡数十篇。（摘录。裴注："晏字平叔。"）《世说新语·文学篇》刘注引《魏氏春秋》曰：晏少有异才，善谈《易》、老。

又引《文章叙录》曰：晏能清言，而当时权势，天下谈士，多宗尚之。

又引《文章叙录》曰：自儒者论，以老子非圣人，绝礼弃学。晏说与圣人同，著论行于世也。

《三国志·魏·夏侯玄传》：玄字太初，少知名。裴注引《魏略》曰：玄尝著《乐毅》《张良》及《本无肉刑论》，辞旨通远，咸传于世。

《三国志·魏·钟会传》：少敏慧凤成。及壮，有才数技艺，而博学精练名理。会尝论《易》无互体、才性同异。及会死后，于会家得书二十篇，名曰《道论》，而实刑名家也，其文似会。（《世说·文学篇》刘注引《魏志》作："会论'才性同异'传于世。"）

《三国志·会传》注引何邵《王弼传》曰：弼幼而察慧，年十余，好老氏，通辩能言。父业，为尚书郎。时裴徽为吏部郎，弼未弱冠，往造焉。徽一见而异之，问弼曰："夫无者，诚万物之所资也。然圣人莫肯致言，而老子申之无已者何？"弼曰："圣人体无，无又不可以训，故不说也。老子是有者也，故恒言无所不足。"寻亦为傅嘏所知。于时何晏为吏部尚书，甚奇弼，叹之曰："仲尼称后生可畏，若斯人者，可与言天人之际乎！"正始中，弼补台郎。初除，觐爽，请间。爽为屏左右，而弼与论道，移时，无所他及。淮南人刘陶，善论纵横，为当时所称，每与弼语，常屈弼。弼天才卓出，当其所得，莫能夺也。性和理，乐游宴，解音律，善投壶。其论道，附会文辞，不如何晏，自然有所拔得，多晏也。颇以所长笑人，故时为士君子所疾。弼与钟会善，会论议以校练为家，然每服弼之高致。何晏以为圣人无喜怒哀乐，其论甚精，钟会等述之。弼与不同，以为圣人茂于人者，神明也，同于人者，五情也。神明茂，故能体冲和以通无；五情同，故不能无哀乐以应物。然则圣人之情，应物而无累于物者也。今以其无累，便谓不复应物，失之多矣。弼注《易》，颍川人荀融难弼"大衍"义，弼答其意，白书以戏之曰："夫明足以寻极幽微，而不能去自然之性。颜子之量，孔父之所预在，然遇之不能无乐，丧之不能无哀。又常狭斯人，以为未能以情从理者也，而今乃知自然之不可革。足下之量，虽已定乎胸怀之内，然而隔逾旬朔，何其相思之多乎？故知尼父之于颜子，可以无大过矣。"弼注《老子》，为之指略，致有理统；著《道略论》，注《易》，往往有高丽言。太原王济好谈，病老庄，尝云："见弼《易注》，所悟者多。"然弼为人浅而不识物情。正始十年，曹爽废，以公事免。其秋遇疠疾亡，时年二十四。无子，绝嗣。弼之卒也，晋景王闻之，嗟叹者累日，其为高识所惜如此。（摘录。案：此传多为《世说》诸书所本。《世说》刘注引《魏氏春秋》亦云："弼论道，约美不如晏，自然出拔过之。"所云论道约美，即指《老》《易》诸注言。）

案：晏文传于今者，以《景福殿赋》（《文选》）、《瑞颂》（《艺文类聚》）、《论语集解序》为最著。其议礼之文，有《难蒋济叔嫂无服论》（《通典》）、《祀五郊六宗厉殃议》（同上）。论古之文，有《白起论》（《史记·起传集解》）、《冀州论》（《御览》引）。据《世说·文学篇》，则晏曾注《老子》，后见弼注，改以所注为《道德二论》，今已不传。其析理之文传于今者，有《列子·仲尼篇》张注所引《无名论》，其文曰："为民所誉，则有名者也；无誉，无名者也。若夫圣人，名无名，誉无誉，谓无名为道，无誉为大。则夫无名者可以言有名矣，无誉者可以言有誉矣，然与夫可誉可名者，岂同用哉？此比于无所有，故皆有所有矣，而于有所有之中，当与无所有相从，而与夫有所有者不同。同类无远而相应，异类无近而不相违。譬如阴中之阳，阳中之阴，各以物类自相求从。夏日为阳而夕夜远，与冬日共为阴；冬日为阴而朝昼远，与夏日同为阳，皆异于近而同于远也。详此异同，而后无名之论可知矣。凡所以至于此者何哉？夫道者，惟无所有者也。自天地已来，皆有所有矣。然犹谓之道者，以其能复用无所有也。故虽处有名之域，而没其无名之象，由以在阳之远体，而忘其自有阴之远类也。夏侯玄曰：天地以自然运，圣人以自然用。自然者道也，道本无名，故老氏曰'强为之名'。仲尼称尧'荡荡无能名焉'，下云'巍巍成功'，则强为之名，取世所知而称耳，岂有名而更当云'无能名焉'者邪？夫惟无名，故可得遍以天下之名名之，然岂其名也哉？唯此足喻而终莫悟。是观泰山崇崛，而谓元气不浩芒者也。"观晏此论，知晏之文学，已开晋、宋之先，而晏、玄所持之理，亦可悉其大略矣。

又案：弼文传于世者，今鲜全篇，惟《易注》《易略例》《老子注》均为完书。其《易略例·明象篇》曰："自统而寻之，物虽众，则知可以执一御也；由本以观之，义虽博，则知可以一名举也。处旋机以观大运，则天地之动，未足怪也；据会要以观方来，则六合辐凑，未足多也。故举卦之名，义有主矣，观其象词，则思过半矣。夫古今虽殊，军国异容，中之为用，故未可远也。品制万变，宗主存焉。"又《明爻篇》曰："情伪之动，非数之所求也。故合散屈伸，与体相乖。形躁好静，质柔爱刚，体与情反，质与愿违。巧历不能定其算数，圣明不能典要，法制所不能齐，度量所不能均也。召云者龙，命吕者律。二女相违，而刚柔合体。隆坻永叹，远墼必盈。投戈散地，则六亲不能相保；同舟而济，则胡、越何患乎异心。故苟择其情，不忧乖远；苟明其趣，不烦强武。"观此二则，可以窥辅嗣文章之略，盖其为文，句各为义，文质兼茂，非惟析理之精也。

又案：王、何注经，其文体亦与汉人迥异。如《易·乾卦》三爻，王注云："处下体之极，居上体之下，在不中之位，履重刚之险。上不在天，未可以安其尊也；下不在田，未可以宁其居也。纯修下道，则居上之德废；纯修上道，则处下之礼旷。故终日乾乾，至于夕惕，犹若厉也。"又《复卦·彖传》注云："复者，反本之谓也。天地以本为心者也。凡动息则静，静非对动者也；语息则默，默非对语者也。然则天地虽大，富有万物，雷动风行，运化万变，寂然至无，是其本矣。故动息地中，乃天地之心见也。若其以有为心，则异类未获具存矣。"又何晏《论语集解·为政篇》"百世可知"注云："物类相召，世数相生，其变有常，故可预知。"又《里仁篇》德不孤章注云："方以类聚，同志相求，故必有邻，是以不孤。"又《子罕篇》唐棣之华章注云："夫思者当思其反。反是不思，所以为远；能思其反，何远之有？言权可知，惟不知思耳。思之有次序，斯可知矣。"举斯数则，足审大凡。厥后郭象注《庄子》，张湛注《列子》，李轨注《法言》，范宁注《谷梁》，其文体并出于此，而汉人笺注文体无复存矣。

又案：玄之所著，有《夏侯子》，其遗文偶见《太平御览》。其《肉刑论》（见《通典》）、《乐毅论》（《艺文类聚》），至今具存。（余文详本传。）《御览》所引，别有《辨乐论》二则，盖与嗣宗辨难之文也。（其一则云："阮生云：'律吕协则阴阳和，音声适则万物类。天下无乐，而欲阴阳和调，灾害不生，亦以难矣。'此言律吕音声，非徒化治人物，可以调和阴阳，荡除灾害也。夫天地定位，刚柔相摩，盈虚有时。尧遭九年之水，忧民阻饥；汤遭七年之旱，欲迁其社。岂律吕不和，音声不通哉？此乃天然之数，非人道所协也。"）

又案：会文传于今者，以《檄蜀文》、《平蜀上言》（本传）、《母夫人张氏传》（本传注）为最著。其《御览》诸书所引，别有《刍荛论》，与《魏志》所云《道论》或即一书（《隋志》五卷）。其析论之文，如《魏志》所载"《易》无互体""才性同异"诸论，今均不传。《世说·文学篇》云："钟会撰《四本论》，欲使嵇公一见。"刘注云："四本者，有才性同、才性异、才性合、才性离也。尚书傅嘏论同，中书令李丰论异，侍郎钟会论合，屯骑校尉王广论离。"据刘说，则"才性同异论"即《四本论》，乃与嘏等同作，复集合其义而论之者也。（会作《老子注》，其逸文时见各家甄引。）

乙　嵇阮之文

《三国志·魏·王粲传》：阮瑀子籍，才藻艳逸，而倜傥放荡，行己寡欲，以庄周为模。（裴注：籍字嗣宗。）

案：《魏志》以"才藻艳逸"评籍，最为知言。籍为元瑜之子，瑜之所作，如《为曹公作书与孙权》诸篇，均尚才藻，多优渥之言，此即籍文所自出也。

嵇叔良《魏散骑常侍阮嗣宗碑》曰：先生承命世之美，希达节之度。得意忘言，寻妙于万物之始；穷理尽性，研几于幽明之极。（《广文选》、杨慎《丹铅总录》以此文为东平太守嵇叔良撰，是也。或作叔夜撰，非是。）

臧荣绪《晋书》曰：籍善属文论，初不苦思，率尔便成。（《文选·五君咏》李注引）

案：籍才思敏捷，盖亦得自元瑜。《世说·文学篇》谓魏封晋王为公，备礼九锡，就籍求文，籍时宿醉，书札为之，无所点定，足与臧书之说互明。（刘注引顾恺之《晋文章记》曰："阮籍劝进，落落有弘致。"）

《三国志·魏·王粲传》：时又有谯郡嵇康，文辞壮丽，好言老庄，而尚奇任侠。（裴注："康字叔夜。"）

案：《魏志》以"文辞壮丽"评康，亦至当之论。

《三国志》注引嵇喜所撰《康传》曰：家世儒学，少有隽才，旷迈不群，高亮任性，学不师授，博洽多闻。长而好老、庄之业，恬静无欲。善属文、弹琴、咏诗，自足于怀抱之中。著《养生篇》。撰录上古以来圣贤隐逸、遁心遗名者，集为传赞。（摘录）

《三国志》注引《魏氏春秋》曰：康所著文论六七万言，皆为世所玩咏。

案：《世说注》诸书所引，有《嵇康集目录》，《太平御览》引作《嵇康集序》。

《御览》引李充《翰林论》曰：研求名理而论生焉。论贵于允理，不求支离。若嵇康之论，成文矣。

案：李氏以论推嵇，明论体之能成文者，魏、晋之间，实以嵇氏为最。

《文心雕龙·体性篇》：嗣宗俶傥，故响逸而调远；叔夜隽侠，故兴高而采烈。

案：彦和以"响逸调远"评籍文，与《魏志》"才藻艳逸"说合。盖阮文之丽，丽而清者也。以"兴高采烈"评康文，亦与《魏志》"文辞壮丽"说合。盖嵇文之丽，丽而壮者也。均与徒事藻采之文不同。

《文心雕龙·时序篇》：正始余风，篇体轻澹，而嵇、阮、应、缪，并驰文路。

案：彦和此论，盖兼王、何诸家之文言，故言篇体轻澹。其兼及嵇、阮者，以嵇、阮同为当时文士，非以轻澹目嵇、阮之文也。即以诗言，嵇诗可以轻澹相目，岂可移以目阮诗哉？

《文心雕龙·才略篇》：嵇康师心以遣论，阮籍使气以命诗，殊声而合响，异翮而同飞。

案：此节以论推嵇，以诗推阮。实则嵇亦工诗，阮亦工论，彦和特互言见意耳。

《文心雕龙·明诗篇》：正始明道，诗杂仙心，何晏之徒，率多浮浅。惟嵇志清峻，阮旨遥深，故能标焉。（《明诗篇》又谓"叔夜含其润"。）

案：嵇、阮之文，艳逸壮丽，大抵相同。若施以区别，则嵇文近汉孔融，析理绵密，阮所不逮；阮文近汉祢衡，托体高健，嵇所不及，此其相异之点也。至其为诗，则为体迥异，大抵嵇诗清峻，而阮诗高浑。彦和所谓遥深，即阮诗之旨言，非谓阮诗之体也。

又案：钟氏《诗品》谓阮籍《咏怀》之诗，可以陶性灵，发幽思，言在耳目之内，情寄八荒之外，会于风雅，厥旨渊放，归趣难求。又谓康诗露才，颇伤渊雅之志，然托喻清远，良有鉴裁，亦未失高流。与彦和所评相近，亦嵇、阮诗体不同之证也。要之，魏初诗歌，渐趋轻靡，嵇、阮矫以雄秀，多为晋人所取法，故彦和评论魏诗，亦惟推重二子也。

又案：阮氏之文传于今者，有《东平赋》《首阳山赋》《鸠赋》《猕猴赋》《清思赋》《元父赋》，大抵语重意奇，颇事华采。其意旨所寄，所为《大人先生传》，其体亦出于汉人设论（如《解嘲》之属），然杂以骚赋各体，为汉人所未有。若《文选》所录《为郑冲劝晋王笺》《诣蒋公奏记辞辟命》，文虽雅健，非阮氏文章之本色也。其论文传于今者，若《通老论》诸文，今均弗完，惟见《御览》诸书所引。其见于明人所刻《阮集》者，（《阮集》，《隋志》十三卷，今其存者仅矣。）有《通易论》《达庄论》《乐论》三篇。《通易》综贯全经之义，以推论世变之由，其文体奇偶相成，间用韵语；《达庄论》亦多韵语，然词必对偶，以气骈词；《乐论》文尤繁富，辅以壮丽之词。（如首段云："夫乐者，天地之体，万物之性也。合其体，得其性，则和；离其体，失其性，则乖。昔者圣人之作乐也，将以顺天地之体，作万物之性也。故定天地八方之音，以迎阴阳八风之声；均黄钟中和之律，开群生万物之情。故律吕协则阴阳和，音声适而万物类；男女不易其所，君臣不犯其位；四海同其观，九州一其节。奏之圜丘，而天神下降；奏之方岳，而地祇上应。天地合其德，则万物和其生，刑赏不用，而民自安矣。乾坤易简，故雅乐不烦；道德平淡，故五声无味。不烦，则阴阳自通；无味，则百物自乐。日迁善成化而不自知，风俗移易而同于是乐，此自然之道，乐之所始也。"）阮氏之文，盖以此数篇为至美。别有《答伏义书》一书，亦足窥阮氏文体之概略。其词曰："承音览旨，有心翰迹。夫九苍之高，迅羽不能寻其巅；四溟之深，幽鳞不能测其底。翈无毛分，所能论哉！且玄云无定体，应龙不常仪。

或朝济夕卷，翕忽代兴；或泥潜天飞，晨降宵升。舒体则八维不足以畅迹，促节则无间足以从容。是又瞽夫所不能瞻，璅虫所不能解也。然则，弘修渊邈者，非近力所能究矣；灵变神化者，非局器所能察矣。何吾子之区区，而吾真之务求乎？人力势不能齐，好尚舛异。鸾凤凌云汉以舞翼，鸠鹩悦蓬林以翱翔；蝤浮八滨以濯鳞，鳖娱行潦而群逝。斯用情各从其好，以取乐焉。据此非彼，胡可齐乎？夫人之立节也，将舒网以笼世，岂樽樽以入罔？方开模以范俗，何暇毁质以通（或作适）检？若良运未协，神机无准，则腾精抗志，邈世高超。荡精举于玄区之表，摅妙节于九垓之外。而翔翱之乘景，跃蹯踔，陵忽荒，从容与道化同逌，逍遥与日月并流。交名虚以齐变，及英祇以等化。上乎无上，下乎无下，居乎无室，出乎无门。齐万物之去留，随六气之虚盈。总玄网于太极，抚天一于寥廓。飘埃不能扬其波，飞尘不能垢其洁，徒寄形躯于斯域，何精神之可察？虽业无不闻，略无不称，而明有所逮，未可怪也。观君子之趋，欲衒倾城之金，求百钱之售，制造天之礼，拟肤寸之检。劳玉躬以役物，守臊秽以自毕；沉牛迹之洿薄，愠河汉之无根。其陋可愧，其事可悲。亮规略之悬逾，信大道之弘幽，且局步于常衢，无为思远以自愁。比连疹愦，力喻不多。"此文亦阮氏意旨所寄，观其文体，余可类推。

又案：嵇氏之文传于今者，以《琴赋》《太师箴》为最著，别有《卜疑》（文仿《卜居》）、《家诫》、《与山巨源绝交书》、《与吕长悌绝交书》，其文体均变汉人之旧。论文自《养生论》外，有《答向子期难养生论》《无私论》《管蔡论》《明胆论》《难宅无吉凶摄生论》《答某氏难宅无吉凶摄生论》（本集作《答张辽叔》），析理绵密，亦为汉人所未有。（嵇文长于辨难，文如剥茧，无不尽之意，亦阮氏所不及也。）其所著《声无哀乐论》，文词尤为繁富，今摘录其首节，其词曰："夫天地合德，万物贵生，寒暑代往，五行以成。故章为五色，发为五音。音声之作，其犹臭味在于天地之间。其善与不善，虽遭遇浊乱，其体自若而不变也，岂以爱憎易操，哀乐改度哉？及宫商集化，声音克谐，此人心至愿，情欲之所钟。古人知情不可恣，欲不可极，因其所用，每为之节，使哀不至伤，乐不至淫，斯其大较也。然乐云乐云，钟鼓云乎哉？哀云哀云，哭泣云乎哉？因兹而言，玉帛非礼敬之宝，歌舞非悲哀之主也。何以明之？夫殊方异俗，歌哭不同，使错而用之，或闻哭而欢，或听歌而戚，然而哀乐之情均也。今用均同之情，而发万殊之声，斯非音声之无常哉？然声音和比，感人最深者也。劳者歌其事，乐者舞其功。夫内有悲痛之心，则激切哀言，言比成诗，声比成音，杂而咏之，聚而听之，心动于和声，情感于苦言，嗟叹未绝，而泣涕流涟矣。夫哀心藏于苦心内，遇和声而后发，和声无象，而哀心有主。夫以有主之哀心，因乎无象之和声，其所觉悟，唯哀而已。岂复知吹万不同，而使其自已哉？风俗之流，遂成其政。是故国史明政教之得失，审国风之盛衰，吟咏情性，以讽其上，故曰亡国之音哀以思也。夫喜怒哀乐爱憎惭惧，凡此八者，生民所以接物传情，区别有属，而不可溢者也。夫味以甘苦为称，今以甲贤而心爱，以乙愚而情憎，则爱憎宜属我，而贤愚宜属彼也。可以我爱而谓之'爱人'，我憎而谓之'憎人'，所喜则谓之'喜味'，所怒则谓之'怒味'哉？由此言之，则外内殊用，彼我异名。声音自当以善恶为主，则无关于哀乐；哀乐自当以情感为主，则无系于声音。名实俱去，则尽然可见矣。"又，《难张辽叔自然好学论》曰："夫民之性，好安而恶危，好逸而恶劳。故不扰，则其愿得；不逼，则其志从。洪荒之世，大朴未亏，君无文于上，民无竞于下；物全理顺，莫不自得；饱则安寝，饥则求食；怡然鼓腹，不知为至德之世也。若此，则安知仁义之端，礼律之文？及至人不存，大道陵迟，乃始作文墨，以传其意；区别群物，使有类族；造立仁义，以婴其心；制其名分，以检其外；勤学讲文，以神其教。故《六经》纷错，百家繁炽，开荣利之途，故奔骛而不觉。是以贪生之禽，食园池之粱菽；求安之士，乃诡志以从俗。操笔执觚，足容苏息；积学明经，以代稼穑。是以困而后学，学以致荣，计而后习，好而习成，有似自然，故令吾之谓之自然耳。推其原也，《六经》以抑引为主，人性以从欲为欢。抑引则违其愿，从欲则得自然。然则自然之得，不由抑引之《六经》；全性之本，不须犯情之礼律。故仁义务于理伪，非养真之要术；廉让生于争夺，非自然之所出也。由是言之，则鸟不毁以求驯，兽不群而求畜，则人之真性无为，正当自然，耽此礼学矣。论又云：'嘉肴珍膳，虽所未尝，尝必美之，适于口也。处在暗室，睹烝烛之光，不教而悦得于心。况以长夜之冥，得照太阳，情变郁陶，而发其蒙，虽事以未来，情以本应，则无损于自然好学。'难曰：夫口之于甘苦，身之于痛痒，感物而动，应事而作，不须学而后能，不待借而后有，此必然之理，吾所不易也。今子以必然之理，喻未必然之好学，则恐似是而非之议，学如一粟之论，于是乎在也。今子立《六经》以为准，仰仁义以为主，以规矩为轩驾，以讲诲为哺乳，由其途则通，乖其路则滞。游心极视，不睹其外，终年驰骋，思不出位，聚族献议，唯学为贵，执书摘句，俯仰咨嗟，使服膺其言，以为荣华。故吾子谓《六经》为太阳，不学为长夜耳。今若以讲堂为丙舍，以诵讽为鬼语，以《六经》为芜秽，以仁义为臭腐；睹文籍则目瞧，修揖让则变伛，袭章服则转筋，谭礼典则齿龋，于是兼而弃之，与万物为更始。则吾子虽好学不倦，犹将阙焉，则向之不学，未必为长夜，《六经》未必为太阳也。俗语曰：'乞儿不辱马医。'若遇上有无文之治，可不学而获安，不勤而得志，则何求于《六经》，何欲于仁义哉？以此言之，则今之学者，岂不先计而后学？苟计而后动，则非自然之应也。子之云云，恐故得菖蒲葅耳。"观此二文，足审嵇氏论文之体矣。

又案：魏晋文章，其文体与阮氏相近者，为伏义《答阮籍书》（见明刊本《阮嗣宗集》。义字公表）、张辽叔《自然好学论》（见明刊本《嵇中散集》。辽叔此文与阮为近）、刘伶《酒德颂》（见《晋书》。伶文惟传此篇，《世说·文学篇》以为意气所寄）、嵇叔良《阮嗣宗碑》（此文盖仿阮文为之），其与嵇氏相近者，厥惟向秀一人。向氏论文，其传于今者，虽仅《难嵇氏养生论》一篇（见《嵇中散集》），然其析理绵密，不减嵇氏诸难。（《隋志》有《向秀集》十二卷，知向氏之文，六朝之时传者甚众，然其所工，盖尤在析理一体。据《世说·言语篇》注引《向秀别传》谓："弱冠著《儒道论》。"《世说·文学篇》又谓："向秀于庄子旧注外为《解义》，妙析奇致，大畅玄风，郭象窃为己注。"是今所传《庄子注》，多属向氏之书也。）自是以外，若李康《运命论》、曹元首《六代论》，虽较汉人论体为恢，然与嵇、阮所作异也。

又案：嵇、阮学术文章，其影响及于当时及后世者，实与王、何诸人异派。据《世说·文学篇》谓袁彦伯作《名士传》，刘氏注云："宏以夏侯太初、何平叔、王辅嗣为正始名士；阮嗣宗、嵇叔夜、山巨源、向子期、刘伯伦、阮仲容、王濬仲为竹林名士；裴楷则、乐彦辅、王夷甫、庾子嵩、王安期、阮千里、卫叔宝、谢幼舆为中朝名士。"此即嵇、阮诸人与王、何异之确证也。迄于西晋，一时文士，盖均承王、何之风，以辨析名理为主，即干宝《晋纪·总论》所谓"学者以庄老为宗，谈者以虚薄为辨"者也。故史册所载当时人士，或云通《老》《易》，《老》《庄》。如王衍妙善玄言，惟说《老》《庄》为事（《晋书·王衍本传》）；裴楷特精《易》义（《世说·德行篇》注引《晋诸公赞》）；阮修好《老》《易》，能言理（《世说·文学篇》注引《名士传》）；谢鲲性通简，好《老》《易》（《文学篇》注引《晋阳秋》）；郭象能言《庄》《老》（《世说·赏誉篇》注引《名士传》）；庾敱自谓老、庄之徒（《世说·文学篇》注引《晋阳秋》）是也。或以理识相高，如满奋清平有识（《世说·言语篇》注引荀绰《冀州记》），闾丘冲清平有鉴识（《世说·品藻篇》注引荀绰《兖州记》），乐广冲旷有理识（《世说·言语篇》注引虞预《晋书》），刘漠以清识为名（《世说·赏誉篇》注引《晋后略》），杨髦清平有贵识（《世说·品藻篇》注引《冀州记》）是也。或以善言名理相标，如裴𫖮善谈名理（《世说·言语篇》引王衍语，注引《冀州记》），王济能清言（《世说·言语篇》注引《晋诸公赞》），裴遐少有理称（《世说·文学篇》注引《晋诸公赞》），以辩论为业（《文学篇》注引邓粲《晋记》），王承言理辨物，但明旨要（《世说·品藻篇》注引《江左名士传》），王敦少有名理（《文学篇》注引《敦别传》），蔡洪有才辩（《世说·言语篇》注引《洪集录》）是也。又据《世说·文学篇》注引《晋诸公赞》云："自魏太常夏侯玄、步兵校尉阮籍等，皆著《道德论》，于时侍中乐广、吏部郎刘汉亦体道而言约，尚书令王夷甫讲理而才虚，散骑常侍戴奥以学道为业，后进庾敳之徒皆希慕简旷。裴頠疾世俗尚虚无之理，故著《崇有》二论以折之，才博喻广，学者不能究。"（《崇有论》见《晋书》。又《世说·文学篇》注引《惠帝起居注》云："頠著二论以规虚诞之弊，文词精富，为世名论。"）又据《言语篇》注引《晋诸公赞》谓："夷甫好尚清谈，为时人物所宗。"盖清谈之风成于王衍诸人，而溯其远源，则均王、何之余绪，迄于裴頠（《世说·文学篇》注引《晋诸公赞》谓："裴頠谈理与王夷甫不相上下。"）、乐广、卫玠（《世说·赏誉篇》注引《玠别传》云："玠少有名理，善通《老》《庄》。"《文学篇》注引《玠别传》云："玠少有名理，善《易》《老》。"）而其风大成。即王敦所谓"不悟永嘉之中，复开正始之音"者也（《世说·赏誉篇》注引《玠别传》）。故范宁之徒，即以王、何为罪人。孙盛《晋阳秋》亦曰："正始中，王弼、何晏好《庄》《老》之谈，而俗遂贵玄。"（《文选》注引）其他晋人所论，并与相同，均其证也。然王、何虽工谈论，及著为文章，亦为后世所取法。迄于西晋，则王衍、乐广之流，文藻鲜传于世，用是言语、文章，分为二途。（《世说·文学篇》谓："乐令善于清言，而不长于手笔。将让河南尹，请潘岳为表，述己所以为让，二百许语，潘直取错综，便成名笔。"又谓："太叔广甚辩给，而挚仲洽长于翰墨。每至公坐，广谈，仲洽不能对。退著笔难广，广又不能答。"又谓："江左殷太常父子并能言理，亦有辩讷之异。扬州口谈至剧，太常辄云：'汝更思吾论。'"是当时言语、文学分为二事。）惟出口成章，便成文彩（具见《晋书》及《世说》各书）。迄于宋、齐，其风未替，亦足窥当时之风尚矣。至当时之文，其确能祖述王、何文体者，惟石崇《巢许论》（其词曰："盖闻圣人在位，则群材必举，官才任能，轻重允宜。大任已备，则不抑大才使居小位；小才已极其分，则不以积久而令处过才之位。然则稷播嘉谷，契敷五教，皋陶、夔、龙，各已授职，其联属之官，必得其才，则必不重载兼置，斯可知也。巢、许则元、凯之俦。大位已充，则宜敦廉让以厉俗，崇无为以化世，然后动静之效备，隐显之功著。故能成巍巍之化，民莫能名，将何疑焉？"此文见《艺文类聚》引）以及郭象《庄子注序》（《世说·文学篇》注引《文士传》："郭象作《庄子注》，最有清词道旨。"所评至尽，其序文尤佳。今录如下。其词曰："夫庄子者，可谓知本矣。故未始藏其狂言，言虽无会而独应者也。夫应而非会，则虽当无用；言非物事，则虽高不行。与夫寂然不动，不得已而后起者，固有间矣，斯可谓知无心者也。夫心无为则随感而应，应随其时，言唯谨尔。故与化为体，流万代而冥物，岂曾设对独遘，而游谈乎方外哉？此其所以不经而为百家之冠也。然庄生虽未体之，言则至矣。通天地之统，序万物之性，达死生之变，而明内圣外王之道，上知造物无物，下知有物之自造也。其言宏绰，其旨玄妙，至至之道，融微旨雅，泰然遣放，放而不敖，故曰不知义之所适，猖狂妄行，而蹈其大方，含哺而熙乎澹泊，鼓腹而游乎混芒，至人极乎无亲，孝慈终于兼忘，礼乐复乎已能，忠信发乎天光，用其光则其朴自成，是以神器独化于玄冥之境，而源流深长也。故其长波之所荡，高风之所扇，畅乎物宜，适乎民愿，弘其鄙，解其悬，洒落之功未加，而矜夸所以散。故观其书，超然自以为已，当经昆仑，涉太虚，而游恍惚之庭矣。虽复贪婪之人，躁进之士，而揽其余芳，味其溢流，仿佛其音影，犹足旷然有忘形自得之怀，况探其远情而玩永年者乎？遂绵邈清遐，去离尘埃，而返冥极者也。"）、欧阳建《言尽意论》（其词曰："有雷同君子问于违众先生曰：'世之论者，以为言不尽意，由来尚矣。至乎通才达识，咸以为然。若夫蒋公之论眸子，钟、傅之言才性，莫不引此为谈证，而先生以为不然，何哉？'先生曰：'夫天不言而四时成焉，圣人不言而鉴识存焉，形不待名而方圆已著，色不俟称而黑白以彰。然则名之于物无施者也，言之于理无为者也。而古今务于正名，圣贤不能去言，其故何也？诚以理得于心，非言不畅；物定于彼，非名不辩。言不畅心，则无以相接；名不辩物，则鉴识不显。鉴识显而名品殊，言称接而情志畅。原其所以，本其所由，非物有自然之名，理有必定之称也。欲辩其实，则殊其名；欲宣其志，则立其称。名逐物而迁，言因理而变。此犹声发响应，形存影附，不得相与为二。苟其不二，则无不尽，吾故以为尽矣。'"此文亦见《艺文类聚》所引）诸篇而已。

又案：西晋之士，其以嗣宗为法者，非法其文，惟法其行。用是清谈而外，别为放达。据《世说·德行篇》注引王隐《晋书》谓："魏末，阮籍嗜酒荒放，露头散发，裸袒箕踞。其后贵游子弟阮瞻、王澄、谢鲲、胡毋辅之之徒，皆祖述于籍，谓得大道之本。"据《晋书》所载，则山简、张翰、毕卓、庾敳、光逸、阮孚之流，皆属此派，即傅玄所谓"魏氏虚无放诞之论，盈于朝野"（《文选·晋纪总论》注引干氏《晋纪》载玄上书），应詹所谓"以容放为夷达"（《文选·晋纪总论》注引刘谦《晋纪》所载詹表）是也。然山简以下，其文采亦少概见。其以文学著名者，首推张翰（翰诗尤长于文。《文选》张季鹰《杂诗》注引王俭《七志》云："翰字季鹰，文藻新丽。"），次则谢鲲、阮孚而已。即其推论名理，亦出乐广诸人之下。

丙　潘陆及两晋诸贤之文

《文选·文赋》李注引臧荣绪《晋书》曰：陆机字士

衡，与弟云勤学，天才绮练，当时独绝，新声妙句，系踪
张、蔡。

案：臧书以机文为"绮练"，所评至精。

《文选·籍田赋》注引臧荣绪《晋书》：潘岳字安
仁，总角辩慧，摛藻清艳。

《世说·文学篇》引孙兴公（即孙绰）云：潘文烂若
披锦，无处不善；陆文若排沙简金，往往见宝。又引孙兴
公云：潘文浅而净，陆文深而芜。

案：刘注引《文章传》曰："机善属文。司空张华见其文章，
篇篇称善，犹讥其作文大冶，谓曰：'人之作文，患于不才，至子
为文，乃患太多也。'"又引《续文章志》曰："岳为文，选言简
章，清绮绝伦。"盖陆氏之文工而缛，潘氏之文虽绮而清，故孙氏
论文，以为潘美于陆。（《御览》引《抱朴子》云："欧阳生曰：'张茂
先、潘正叔、潘安仁文远过二陆。二陆文词源流，不出俗检。'"）

又案：《世说·文学篇》注引《晋阳秋》曰："岳夙以才颖发
名，善属文，清绮绝世，蔡邕不能过也。"亦以岳文为"清绮"，
即《续文章志》之所本也。

《意林》《北堂书钞》引葛洪《抱朴子》佚篇曰：
吾见二陆之文，犹玄圃积玉，莫非夜光，方之他人，若江
汉之与潢汗，及其精处，妙绝汉魏之人也。（又：每读二

陆之文，未尝不废书而叹，恐其尽卷。又云：《陆子》十篇，词之富者，虽覃思不能损。）

《文心雕龙·镕裁篇》曰：至如士衡才优，而缀辞尤繁；士龙思劣，而雅好清省。及云之论机，亟恨其多，而称清新相接，不以为病。（案：见云集《与兄平原书》。）

《文心雕龙·才略篇》曰：陆机才欲窥深，辞务索广，故思能入巧，而不制烦。士龙朗练，以识检乱，故能布采鲜净，敏于短篇。

案：诸家所论，均谓士衡之文偏于繁缛。又《雕龙·定势篇》云："陆云自称往日论文，先词而后情，尚势而不取悦泽。及张公论文，则欲宗其言。（亦见《与兄书》。）可谓先迷后能从善。"亦足为士云之文定论。（案：云集《与兄平原书》其中数首，于机文评论极当，允宜参考。）

《初学记》引李充《翰林论》：潘安仁为文，犹翔禽之羽毛，衣被之绡縠。

《文心雕龙·才略篇》曰：潘岳敏给，辞自和畅，钟美于《西征》，贾余于哀诔，非自外也。

案：彦和以"敏给"推岳，与《时序篇》义同。

《文心雕龙·体性篇》曰：安仁轻敏，故锋发而韵流；士衡矜重，故情繁而词隐。

案：六朝论西晋文学者，必以潘、陆为首。故《宋书·谢灵运传论》以为降及元康，潘、陆特秀；《南齐书·文学传论》亦谓潘、陆齐名，机、岳之文永异也。然西晋一代，文士实繁。《雕龙·才略篇》于评论潘、陆外，又谓"张华短章，奕奕清畅"；"左思奇才，业深覃思，尽锐于《三都》，拔萃于《咏史》"。又谓"孙楚缀思，每直置以疏通；挚虞述怀，必循规以温雅，其品藻流别，有条理焉。傅玄篇章，义多规镜；长虞笔奏，世执刚中，并桢干之实才，非群华之韡萼也。成公子安选赋而时美，夏侯孝若具体而皆微，曹摅清靡于长篇，季鹰辨切于短韵，各其善也。孟阳、景阳，才绮而相埒，可谓鲁卫之政，兄弟之文也。刘琨雅壮而多风，卢谌情发而理昭，亦遇之于时势也。"（以上均《雕龙》语。）彦和所举，舍张华（张华之文，陆云《与兄平原书》评之甚详）、挚虞、傅玄、傅咸兼长学业，（时学人工文者，别有皇甫谧、束皙、葛洪诸家。）刘琨兼擅事功外，均以文学著名。彦和所未举者，别有应贞、潘尼、欧阳建、木华、王瓒诸人，亦长文学，今略摘史册所记，录之如下：（张翰见前。）

应贞字吉甫　《三国志·王粲传》：贞以文章显。

孙楚字子荆　《晋书·楚传》载：王济铨楚品状云，天才英博。

张载字孟阳　《文选·七哀诗》注引臧荣绪《晋书》：载有才华。

张协字景阳，载弟　钟氏《诗品》谓：协诗雄于潘岳，靡于太冲，风流条达，实旷代之高手。（协弟亢，字季阳，与载、协并称三张。《晋书》谓其亦有文誉。）

潘尼字正叔，岳从子　《文选·赠陆机诗》注引《文章志》：尼有清才。

何邵字敬祖　《文选·游仙诗》注引臧荣绪《晋书》：邵博学多闻，善属篇章。

左思字太冲　《世说·文学篇》注引《思别传》：博览名文，有文才。

夏侯湛字孝若　《世说·文学篇》引《文士传》：湛有盛才，文章巧思，名亚潘岳。（岳有《湛诔》。）

成公绥字子安　《文选·啸赋》注引臧荣绪《晋书》：绥少有俊才，辞赋壮丽。

嵇含字君道　《太平御览》引《嵇氏世家》：书檄云集，含不起草。（《北堂书钞》引《抱朴子》逸文：君道搞毫妙观，难与并驱。）

曹摅字颜远　《太平御览》引《晋书》：摅诗文多雄才。

卢谌字子谅　《文选·览古诗》注引徐广《晋纪》：谌有才理。

欧阳建字坚石　《御览》引《欧阳建别传》：文词美赡，构理精微。

木华字玄虚　《文选·海赋》引傅亮《文章志》云：玄虚为《海赋》，文甚隽丽。

王瓒字正长　《文选·杂诗》注引臧荣绪《晋书》：瓒博学有俊才。

又案：西晋人士，其于当时有文誉者，别有周处（石拓《周处碑》云："文章绮合，藻思罗开。"）、张畅（陆机《荐畅表》："畅才思清敏。"）、张赡（《晋书·陆云传》："移书荐赡云：言敷其藻。又曰：篇章光觌。"）、蔡洪（《世说·言语篇》注引洪集录："洪有才辩。"）、崔君苗（陆云《与兄平原书》："君苗自复能作文。"）诸人，其著作见《文选》者，见有石崇、枣据、郭泰机，其诗文集传于后世者，据《晋书》及《隋书·经籍志》所载，则王濬二卷、羊祜二卷以下，以及山涛五卷、杜预十八卷、司马彪四卷、何邵二卷、王浑五卷、王济二卷、贾充五卷、荀勖三卷、何曾五卷、裴秀三卷、裴楷二卷、刘毅二卷、庾峻二卷、薛莹三卷、盛彦五卷、刘实二卷、刘颂三卷、虞溥二卷、陈咸三卷、吴商五卷、曹志二卷、王沈五卷、卫展十五卷、江统十卷、庾儵二卷、袁准二卷、殷巨二卷、卞粹五卷、索靖三卷、嵇绍二卷、华峤八卷、江伟六卷、陆冲二卷、孙毓六卷、郭象二卷、裴𫖮九卷、山简二卷、庾敳五卷、邹谌三卷、王瓒五卷、张辅二卷、夏侯淳二卷、阮瞻二卷、阮修二卷、阮冲二卷、张敏二卷、刘宝三卷、宣舒五卷、谢衡二卷、蔡充二卷、刘弘三卷、牟秀四卷、卢播二卷、贾彬三卷、杜育二卷、孙惠十一卷、闾丘冲二卷之属，均有专集，（又：左贵嫔集四卷，王浑妻钟琰集五卷，亦见《隋志》。）足征西晋文学之盛矣。

又案：东晋人士，承西晋清谈之绪，并精名理，善论难，以刘琰、王蒙、许询为宗，其与西晋不同者，放诞之风，至斯尽革。又西晋所云名理，不越老、庄。至于东晋，则支遁、法深、道安、惠远之流，并精佛理。故殷浩、郄超诸人，并承其风，旁迄孙绰、谢尚、阮裕、韩伯、孙盛、张凭、王胡之，亦均以佛理为主，息以儒玄；嗣则殷仲文、桓玄、羊孚，亦精玄论。大抵析理之美，超越西晋，而才藻新奇，言有深致，即孙安国所谓"南人学问，精通简要"（见《世说·文学篇》）也。故其为文，亦均同潘而异陆，近嵇而远阮。《文心雕龙·才略篇》曰："景纯艳逸，足冠中兴，《郊赋》既穆穆以大观,《仙诗》亦飘飘而凌云矣。庾元规之表奏,靡密以闲畅;温太真之笔记,循理而清通,亦笔端之良工也。孙盛、干宝,文胜为史,准的所拟,志乎典训,户牖虽异,而笔彩略同。袁宏发轸以高骧,故卓出而多偏;孙绰规旋以矩步,故伦序而寡状。殷仲文之孤兴,谢叔源之闲情,并解散辞体,缥缈浮音,虽滔滔风流,而大浇文意。"(以上均《雕龙》语。)彦和所举,舍庾亮、温峤兼擅事功,孙盛、干宝尤长史才外,均以文学著名。(王隐诸人,亦长史才。)彦和所未举者,别有庾阐、曹毗、王珣、习凿齿、嵇含,亦长文学,今略摘史册所记,录之如下:

郭璞字景纯　《世说·文学篇》注引《璞别传》:文藻粲丽,诗赋赞颂,并传于世。

袁弘字彦伯,小名虎　《世说·文学篇》注引《续晋阳秋》:虎少有逸才,文章绝丽。(钟氏《诗品》云:"彦伯虽文体未道,而鲜明紧健,去凡俗远矣。")

孙绰字兴公　《世说·言语篇》注引《中兴书》:绰少以文称。

许询字玄度　《文选·杂体诗》注引《晋中兴书》:询有才藻,善属文。

庾阐字仲初　《世说·文学篇》注引《中兴书》:阐九岁便能属文。

曹毗字辅佐　《世说·文学篇》注引《中兴书》:毗好文籍,能属词。

王珣字元琳　《世说·文学篇》注引《续晋阳秋》:珣文高当世。(《赏誉篇》注又引《续晋阳秋》:"王珉才辞富赡。"珉字季琰,珣之弟。)

习凿齿字彦威　《世说·文学篇》注引《晋阳秋》：凿齿才情秀逸。（《言语篇》注引《中兴书》："凿齿少以文称。"）

殷仲文字仲文　《世说·文学篇》：仲文天才弘赡。（注引《续晋阳秋》："仲文雅有才藻，著文数十篇。"）

谢混字叔源　《文选·游西池诗》注引臧荣绪《晋书》：混善属文。

又案：东晋人士，其于当时有文誉者，别有孔坦（《世说·言语篇》注引王隐《晋书》："坦有文辩。"）、伏滔（《世说·言语篇》注引《中兴书》："滔少有才学。"）、袁乔（《世说·文学篇》注引《袁氏家传》："乔有文才。"）、杨方（《晋书·方传》载贺循书："方文甚有奇致。"）、谢万（《世说·文学篇》注引《中兴书》："万善属文，能谈论。"）、顾恺之（《世说·文学篇》引《晋阳秋》："恺之博学有才气。"）、王修（《世说·赏誉篇》云："谢镇西道敬仁文学锹锹，无能不新。"敬仁，即修字。）、桓玄（《世说·文学篇》注引《晋安帝纪》："玄文翰之美，高于一世。"）。其诗文集传于后世者，据《晋书》及《隋志》所载，则彭城王纮二卷、谯王无忌九卷、会稽王道八卷、贺循二十卷、顾荣五卷、周𫖮三卷、王导十一卷、王敦十卷、王廙三十四卷、应詹五卷、华谭二卷、郗鉴十卷、陶侃二卷、蔡谟四十三卷、刘隗二卷、刘超二卷、沈充二卷、卞壶二卷、荀崧一卷、殷蚀十卷、何允五卷、谷俭一卷、温峤十卷、傅纯二卷、梅陶二十卷、张闿二卷、诸葛恢五卷、戴邈五卷、王愆期一卷、熊远十二卷、孔坦十七卷、庾冰二十卷、庾翼二十二卷、谢尚十卷、江彪五卷、江逌九卷、桓温二十卷、殷浩五卷、范汪十卷、孔严十一卷、王彪之二十卷、荀组三卷、王旷五卷、张虞十卷、罗含三卷、王述五卷、王坦之七卷、郗愔四卷、范宁十六卷、顾和五卷、王濛五卷、李充十卷、王羲之十卷、虞预十卷、应亨二卷、孙统九卷、王胡之十卷、谢沈十卷、王忱五卷、李颙二十卷、庾和二卷、王洽五卷、郗超十卷、张望十二卷、范弘之六卷、刘恢二卷、徐禅六卷、王献之十卷、庾康之十卷、王谧十卷、殷允十卷、殷康五卷、黄整十卷、张凭五卷、徐彦十卷、庾统八卷、王恭五卷、孔汪十卷、应硕二卷、张悛五卷、韩伯十六卷、伏系之十卷、郑袭四卷、徐邈二十卷、戴逵十卷、袁崧十卷、殷仲堪十二卷、喻希一卷、苏希七卷、徐乾二十一卷、祖台之二十卷、何瑾十一卷、羊徽十卷、周祗二十卷、殷阐十卷，均有专集，（又，傅统妻辛萧集一卷，王凝之妻谢道韫集三卷，陶融妻陈窈集一卷，徐藻妻陈玢集一卷，刘臻妻陈璆集七卷，刘柔妻王邵之集十卷，钮滔母孙琼集二卷，亦见《隋志》。）足征东晋文学之盛矣。

丁　总论

《晋书·文苑传序》曰：金行纂极，文雅斯盛。张载擅铭山之美，陆机挺焚砚之奇，潘、夏连辉，颉颃名辈。至于吉甫、太冲，江右之才俊；曹毗、庾阐，中兴之时秀。信乃金相玉润，野会川冲。《晋书·夏侯湛、潘岳、张载等传论》曰：孝若挟蔚春华，时标丽藻；安仁思绪云骞，词锋景焕。贾论政范，源王化之幽赜；潘著哀词，贯人灵之情性。机文喻海，潘藻如江。

《宋书·谢灵运传论》曰：降及元康（晋惠帝年

号），潘、陆特秀，律异班、贾，体变曹、王，缛旨星稠，繁文绮合，缀平台之逸响，采南皮之高韵，遗风余烈，事极江右。在晋中兴，玄风独秀，为学穷于柱下，博物止于七篇，驰骋文词，义殚乎此。自建武暨于义熙，历载将百（建武，元帝年号），虽比响联词，波属云委，莫不寄言上德，托意玄珠，遒丽之词，无闻焉耳。仲文始革孙、许之风，叔源大变太元之气（太元，孝武年号）。

案：休文以江左文学"遒丽无闻"，又谓"为学穷于柱下，博物止于七篇"，亦举其大要言之。若综观东晋诸贤，则休文之论，未为尽也。

《南齐书·文学传论》：属文之道，事出神思，感召无象，变化不穷。俱五声之音响，而出言异句；等万物之情状，而下笔殊形。吟咏规范，本之雅什，流分条散，各以言区。若陈思《代马》群章，王粲《飞鸢》诸制，四言之美，前超后绝。少卿离辞，五言才骨，难与争鹜。"桂林湘水"，平子之华篇；"飞馆玉池"，魏文之丽篆，七言之作，非此谁先？卿、云巨丽，升堂冠冕；张、左恢廓，登高不继，赋贵披陈，未或加矣。显宗之述傅毅，简文之擒彦伯，分言制句，多得颂体。裴颜内侍，无规凤池，子章以来，章表之选。孙绰之碑，嗣伯喈之后；谢庄之诔，起安仁之尘。颜延《杨瓒》，自比《马督》，以多称贵，归庄为允。王褒《僮约》，束皙《发蒙》，滑稽之流，亦可奇玮。五言之制，独秀众品。习玩为理，事久则渎。在乎文章，弥患凡旧，若无新变，不能代雄。建安一体，《典论》短长互出；潘、陆齐名，机、岳之文永异。江左风味，盛道家之言，郭璞举其灵变，许询极其名理，仲文玄气，犹不尽除，谢混情新，得名未盛。颜、谢并起，乃各擅奇，休、鲍后出，咸亦标世。朱蓝共妍，不相祖述。

案：萧氏亦以东晋文学变于殷仲文、谢混，与沈氏所论略同。

《文心雕龙·丽辞篇》曰：至魏晋群才，析句弥密，联字合趣，割毫析厘。然契机者入巧，浮假者无功。

《文心雕龙·情采篇》曰：后之作者，采滥忽真，远弃风雅，近师词赋。故体情之制日疏，逐文之篇愈盛。

《文心雕龙·练字篇》曰：自晋以来，用字率从简易。时并习易，人谁取难？今一字诡异，则群句震惊；三人弗识，则将成字妖矣！

案：晋文异于汉、魏者，用字平易，一也；偶语益增，二也；论序益繁，三也。彦和所论三则，殆尽之矣。

《文心雕龙·时序篇》曰：逮晋宣始基，景、文克构，并迹沉儒雅，而务深方术。至武帝惟新，承平受命，而胶序篇章，弗简皇虑。降及怀、愍，缀旒而已。然晋虽不文，人才实盛：茂先摇笔而散珠，太冲动墨而横锦；

岳、湛曜联璧之华，机、云标二俊之采；应、傅、三张之
徒，孙、挚、成公之属，并结藻清英，流韵绮靡。前史以
为运涉季世，人未尽才，诚哉斯谈，可为叹息。元皇中
兴，披文建学，刘、刁礼吏而宠荣，景纯文敏而优擢。逮
明帝秉哲，雅好文会，升储御极，孳孳讲艺，练情于诰
策，振采于辞赋，庾以笔才逾亲，温以文思益厚，揄扬风
流，亦彼时之汉武也。及成、康促龄，穆、哀短祚，简文
勃兴，渊乎清峻，微言精理，函满玄席，澹思浓采，时洒
文囿。至孝武不嗣，安、恭已矣，其文史则有袁、殷之
曹，孙、干之辈，虽才或浅深，珪璋足用。自中朝贵玄，
江左称盛，因谈余气，流成文体。是以世极迍邅，而辞意
夷泰，诗必柱下之旨归，赋乃漆园之义疏。故知文变染乎
世情，兴废系乎时序，原始以要终，虽百世可知也。

案：《雕龙》此节推论两晋文学之变迁，最为详尽。

　　《文心雕龙·通变篇》曰：魏之篇制，顾慕汉风。晋
之词章，瞻望魏采。
　　又曰：魏、晋浅而绮。

案：《雕龙·通变篇》所论，于魏、晋文学亦得大凡。
又案：晋人文学，其特长之处，非惟析理已也。大抵南朝之
文，其佳者必含隐秀，然开其端者，实惟晋文。又出语必隽，恒在
自然，此亦晋文所特擅。齐、梁以下，能者鲜矣。（彦和以魏、晋之

文为浅者，亦以用字平易，不事艰深，即《练字篇》所谓"自晋以来，用字率从简易"也。）

　　《文心雕龙·诠赋篇》曰：太冲、安仁，策勋于鸿规；士衡、子安，底绩于流制。景纯绮巧，缛理有余；彦伯梗概，情韵不匮。（案：晋人词赋传今较多，惟张华、潘尼、夏侯湛、二傅、二张、孙楚、挚虞、束晢、嵇含、曹毗、顾恺之诸人。）

案：东汉以来，词赋虽逞丽词，左思《三都》矫之，悉以征实为主。自是以降，则庾阐《扬都》，于当时最有盛誉。然孙绰《天台山赋》，词旨清新，于晋赋最为特出。其他诸家所作，大抵规模前作，少有新体。其与时作稍异者，惟曹摅《述志赋》、庾敱《意赋》而已。

　　《世说·文学篇》注引《续晋阳秋》论许询曰：自司马相如、王褒、扬雄诸贤，世尚赋颂，皆体则《诗》《骚》，傍综百家之言。及至建安，而诗章大盛。逮乎西朝之末，潘、陆之徒，虽时有质文，而宗归不异也。正始中，王弼、何晏好庄、老玄胜之谈，而世遂贵焉。至过江，佛理尤盛。故郭璞五言，始会合道家之言而韵之。询及太原孙绰，转相祖尚，又加以三世之辞，而《诗》《骚》之体尽矣。询、绰并为一时文宗，自此作者悉体之，至义熙中，谢混始改。（《世说·文学篇》亦云：

"简文称许掾云：'玄度五言诗，可谓妙绝时人。'"）

《文心雕龙·明诗篇》曰：晋世群才，稍入轻绮。张、潘、左、陆，比肩诗衢。采缛于正始，力柔于建安，或析文以为妙，或流靡以自妍，此其大略也。江左篇制，溺乎玄风，嗤笑徇务之志，崇盛亡机之谈。袁、孙以下，虽各有雕采，而辞趣一揆，莫与争雄。所以景纯仙篇，挺拔而为俊矣。宋初文咏，体有因革，庄、老告退，而山水方滋。

案：晋代之诗如张华、张载之属，均与士衡体近。然左思、刘琨、郭璞所作，浑雄壮丽，出于嗣宗。东晋之诗，其清峻之篇，大抵出自叔夜。惟许询、支遁所作，虽多玄言，其体仍近士衡。自渊明继起，乃合嵇、阮之长，此晋诗变迁之大略也。

《文心雕龙·乐府篇》曰：逮于晋世，则傅玄晓音，创定雅歌，以咏祖宗；张华新篇，亦充庭万。然杜夔调律，音奏舒雅，荀勖改悬，声节哀急，故阮咸讥其离声，后人验其铜尺，和乐精妙，固表里而相资矣。

案：本篇又谓"子建、士衡咸有佳篇，并无诏伶人，故事谢丝管"。盖歌行或不入乐，自魏、晋始。

《文心雕龙·颂赞篇》：魏晋辨颂，鲜有出辙。陆机积篇，惟《功臣》最显，其褒贬杂居，固末代之讹体也。

又云：景纯注《雅》，动植赞之，义兼美恶，亦犹颂之变耳。

《文心雕龙·铭箴篇》：张载《剑阁》，其才清采，迅足骎骎，后发前至，勒铭岷、汉，得其宜矣。

又云：至于潘勖《符节》，要而失浅；温峤《侍臣》，博而患繁。王济《国子》，引广事杂；潘尼《乘舆》，义正体芜。凡斯继作，鲜有克衷。（此段论箴。）

《文心雕龙·诔碑篇》曰：孙绰为文，志在碑诔，温、王、郄、庾，词多枝杂，《桓彝》一篇，最为辨裁。

案：晋人碑铭之文，如傅玄《江夏任君墓铭》、孙楚《牵招碑》、潘岳《杨使君碑》、潘尼《杨萧侯碑》、夏侯湛《平子碑》，均以汉作为楷模，然气清辞畅，则晋贤之特色，非惟孙绪、王导、郄鉴、庾亮、庾冰、褚褒诸碑已也。（彦和以为枝杂，持论稍过。）碑铭以外，颂之佳者，则有江伟《傅浑颂》、孙绰《徐君颂》诸篇。（陆云《盛德》诸颂以及潘尼《释奠颂》，过于繁富。）箴之佳者，则有陆云《逸民箴》、李充《学箴》诸作。赞自夏侯湛《东方朔画赞》、袁弘《三国名臣赞》外，若庾亮《翟征君赞》、戴逵《闲游赞》，均有可观。（孙绰《列仙传》诸赞、郭元伯《列仙传赞》，均与郭氏赞体同。又陆云《登遐颂》，亦赞体。）诔则左贵嫔《元皇后诔》、陆机《愍怀太子诔》，（陆云各诔尤繁。）文之尤善者也。

王隐《晋书》：潘岳善属文，哀诔之妙，古今莫比，一时所推。《文心雕龙·祝盟篇》曰：潘岳之祭庾妇，莫祭之恭哀也。《文心雕龙·哀吊篇》：建安哀词，惟伟长差善，《行女》一篇，时有恻怛。及潘岳继作，实踵其美。观其虑善辞变，情洞悲苦，叙事如传，结言摹诗，促节四言，鲜有缓句，故能义直而文婉，体旧而趣新，《金鹿》《泽兰》，莫之或继也。

又云：陆机之《吊魏武》，序巧而文繁。

案：晋代祭文传于今者，若庾亮《祭孔子文》、周祗《祭梁鸿文》。（庾文清约，周文畅逸。）吊文传于今者，若李充《吊嵇中散文》、嵇含《吊庄周文》，均为佳作。惟晋人文集所载，别有吊书、（如《陆云集·吊陈永长书》五首、《吊陈伯华书》二首是也。）哀策文（张华、武帝及元皇后哀策文、潘岳《景献皇后哀策文》、郭璞《元帝哀策文》、王珣《孝武帝哀策》是也。）各体，文亦多工。

《文心雕龙·诏策篇》曰：晋氏中兴，惟明帝崇才，以温峤文清，故引入中书。自斯以后，体宪风流矣。（《艺文类聚》引《晋中兴书》："明帝元年，以峤为中书令，所下手诏，有'文清旨远，宜居机密'之语。"）

又云：教者效也。若诸葛孔明之详约，庾稚恭之明断，并理得而辞中，教之善也。

《文心雕龙·檄移篇》曰：陆机之《移百官》，言约而事显。

案：晋代诏书，前后若一，惟明帝《讨钱凤诏》、简文帝《优恤兵士诏》，（晋明帝、简文帝、孝武帝均有文集。）较为壮美。诏书而外，教之佳者，王沈、虞溥、庾亮也；檄之佳者，庾阐、袁豹也。

《文心雕龙·论说篇》：迄至正始，务欲守文，何晏之徒，始盛玄论，于是聃、周当路，与尼父争途矣。详观兰石之《才性》，仲宣之《去伐》，叔夜之《辨声》，太初之《本玄》，辅嗣之两例，平叔之二论，并师心独见，锋颖精密，盖人伦之英也。至如李康《运命》，同《论衡》而过之；陆机《辨亡》，效《过秦》而不及，然亦其美矣。次及宋岱、郭象，锐思于几神之区；夷甫、裴颜，交辨于有无之域，并独步当时，流声后代。然滞有者全系于形用，贵无者专守于寂寥，徒锐偏解，莫诣正理。动极神源，其般若之绝境乎！逮江左群谈，惟玄是务，虽有日新，而多抽前绪矣。

案：晋代论文，其最为博大者，惟陆机《辨亡》《五等》，干宝《晋纪·总论》诸篇。东晋之世，则纪瞻《太极》、庾阐《蓍龟》、殷浩《易象》、罗含《更生》、韩伯《辨谦》、支遁《逍遥》，均理精词隽，不事繁词。又，张韩《不用舌论》、王修《贤才论》、袁弘《去伐》《明谦》二论、孙盛《太伯三让》《老聃非大贤论》、戴逵《放达为非道论》《释疑论》、殷仲堪《答桓玄四皓论》，亦均清颖有致，雅近王、何。若孙绰《喻道》，体近于嵇；王坦之《废庄》，体近于阮，亦其选也。至若刘寔《崇让》、潘尼《安身》，虽为史书所载，然文均繁缛。其论事之文，以江统

《徙戎》、伏滔《正淮》为尤善。择而观之，可以得作论之式矣。

　　《文心雕龙·奏启篇》：晋氏多难，灾屯流移。刘颂殷勤于时务，温峤恳切于费役，并体国之忠规矣。

　　又云：傅咸劲直，而按词坚深；刘隗切正，而劾文阔略，各其志也。

　　《文心雕龙·议对篇》：何曾蹶出女之科，秦秀定贾充之谥，事实允当，可谓达议体矣。（《御览》引李充《翰林论》云："驳不以华藻为先。傅长虞每奏驳事，为邦之司直矣。"）

　　又云：陆机断议，亦有锋颖，而谀词弗翦，颇累风骨。（《初学记》引李充《翰林论》云："士衡之议，可谓成文矣。"）

　　《文心雕龙·章表篇》：晋初笔札，则张华为俊。其三让公封，理周辞要，引义比事，必得其偶，世珍《鹪鹩》，莫顾章表。及羊公之辞开府，有誉于前谈；庾公之让中书，信美于往载，序志显类，有文雅焉。刘琨《劝进》，张骏《自序》，文致耿介，并陈事之美表也。（《御览》引《翰林论》："裴公之辞侍中，羊公之让开府，可谓德音。"）

　　案：昭明《文选》于晋人之文，惟录张悛、桓温诸表。然晋代表疏，或文词壮丽（如卢谌《理刘司空表》、刘琨《劝进表》是也），或择言雅畅（如王导《请修学校疏》、孙绰《请移都洛阳疏》是也），其弊或流于烦冗（刘毅《请罢中正疏》、刘颂《治淮南疏》），为汉、魏所无。又，晋代学人，如司马彪、傅咸、吴商、孙毓、束皙、挚虞、虞潭、虞喜、蔡谟、贺循、王敞、何琦、范汪、范宁、王彪之、范宣、徐邈、谢沈、郑袤之伦，其议礼之文，明辩畅达，亦文学之足述者也。

《文心雕龙·书记篇》曰：嵇康《绝交》，实志高而文伟矣；赵至《叙离》，乃少年之激切也。

又云：刘廙《谢恩》，喻切以至；陆机《自理》，情周而巧，笺之为善者也。

案：晋人之书，或质（如《法书要录》阁帖所载诸王诸帖，及陆云与兄书。）或文，（如赵至《与嵇茂齐书》、辛旷《与皇甫谧书》、孙楚《为石仲容与孙皓书》。）其辩论义理，（如罗含《答孙安国书》、孙盛《与罗君章书》、戴逵《答周居王书》、王洽《与林法同书》、王谧答桓玄诸书、桓玄与慧远、王谧各书是。）亦汉、魏所无。

《文心雕龙·杂文篇》曰：景纯《客傲》，情见而采蔚；庾敳《客咨》，意荣而文悴。

又云：自桓麟《七说》以下，左思《七讽》以上，枝附影从，十有余家。或文丽而义暌，或理粹而辞驳。

又云：自《连珠》以下，拟者间出。惟士衡运思，理新文敏，而裁章置句，广于旧篇。

案：晋代杂文传于今者，如夏侯湛《抵疑》、束景玄《居释》、王沈《释时论》、曹毗《对儒》，均为设论。（又：王该《日烛》，体虽特创，亦设论之变体。）自是以外，《骚》莫高于《九愍》（陆云作），"七"莫高于《七命》（张协作），《连珠》舍士衡所作外，传者鲜矣。

《文心雕龙·谐隐篇》曰：潘岳《丑妇》之属，束皙《卖饼》之类，尤而效之，盖以百数。魏晋滑稽，盛相驱扇。

案：晋人之文，如张敏《头责子羽文》、陆云《嘲褚常侍》、鲁褒《钱神论》，亦均谐文之属。

《文心雕龙·史传篇》曰：《后汉》纪传，发源《东观》。袁、张所制，偏驳不伦；薛、谢之作，疏谬少信。若司马彪之详实，华峤之准当，则其冠也。（袁谓袁弘，张谓张璠、张莹，谢谓谢承、谢沈，薛谓薛莹。）

又云：魏代三雄，记传互出。《阳秋》《魏略》之属，《江表》《吴录》之伦，或激抗难征，或疏阔寡要。惟陈寿《三志》，文质辨洽。（《阳秋》，谓习凿齿《汉晋阳秋》，非谓孔衍《汉魏春秋》及孙盛《魏氏春秋》也；《魏略》，谓鱼豢《魏略》；《江表传》，虞溥撰；《吴录》，张勃撰。）

又云：晋代之书，繁乎著作。陆机肇始而未备，王韶续末而不终。干宝述《纪》，以审正得序；孙盛《阳

秋》，以约举为能。（《才略篇》："孙盛、干宝，文盛
为史。"与此互见云。）

又云：邓粲《晋纪》，始立条例。又撮略汉、魏，宪
章殷、周。及安国（即孙盛）立例，乃邓氏之规。

案：彦和此篇，于晋人所撰史传，舍推崇陈寿《三志》外，
其属于后汉者，则崇司马彪、华峤之书（司马彪撰《续汉书》，起于世
祖，终于孝献，为纪志传八十篇，见《晋书·彪传》。华峤作《后汉书》，
为帝纪十二卷，皇后纪二卷，十典十卷，传七十卷，及三谱序传目录，凡
九十七卷，见《晋书·峤传》。今惟彪书八志存），谓胜袁（弘，著《后
汉纪》）、谢（吴谢承著《后汉书》百三十卷，晋谢沈作《后汉书》八十五
卷及外传）、薛（薛莹，撰《后汉纪》百卷）、张（张莹，撰《后汉南
纪》五十五卷；张璠，撰《后汉纪》三十卷）诸作。（晋袁山松亦撰《后汉
书》。）其属于晋代者，惟举陆（机，撰《晋纪》四卷，《史通》谓其直
叙其事，竟不编年）、干（宝，作《晋纪》二十卷，《晋书》谓其书简略，
直而能婉）、邓（粲，撰《晋纪》十一卷）、孙（盛，撰《晋阳秋》三十二
卷，《晋书》谓其词直理正）、王（宋王韶之，撰《晋安纪》十卷）五家。
于王隐（隐撰《晋书》九十三卷）、虞预（预撰《晋书》四十四卷）、朱
凤（凤撰《晋书》十四卷）、曹嘉之（嘉之作《晋纪》十卷）之书，则略
而弗举。是犹论魏、吴各史，深抑《阳秋》（习凿齿撰《汉晋阳秋》
四十七卷）、《吴录》（张勃作《吴录》三十卷）诸书也。（晋环纪亦撰
《吴纪》九卷。）刘氏《史通》外篇谓："中朝华峤、陈寿、陆机、
束皙，江左王隐、虞预、干宝、孙盛，并史官之尤美，著作之茂
撰。"亦与彦和之说互明。故《史通》一书，于晋人所作，惟推

华峤（内篇谓："班固、华峤、子长之流。"又谓："创纪传者五家，推其所长，华氏居最。"）、干宝（《序例篇》谓："令升先觉，远绍丘明，重立凡例，勒成《晋纪》，邓、孙以下，遂蹑其踪。"又谓："干宝理切多功。"）、于王隐、何法盛、孙盛、习凿齿、邓粲均有微词。（《书事篇》谓："王隐、何法盛专访州闾细事，委巷琐言，聚而编之。"《采撰篇》谓："盛述《阳秋》，以乌苑鄙说，列为竹帛正言。"《论赞篇》谓："孙安国都无可采，习凿齿时有可观。"《序例篇》谓："邓粲词烦寡要。"均其证也。）盖汉、魏以降，史传一体，均由实趋华，而史才则有高下也。（《史通·烦省篇》谓："魏、晋以还，烦言弥甚。"《模拟篇》谓："自魏以前，多效二史，从晋已降，喜学五经。"又谓："编字不只，捶句必双。"均足为晋人史传定评。）

《文心雕龙·诸子篇》：两汉以后，体势漫弱，虽明乎坦途，而类多依采。

案：晋人所撰子书，文体亦异。其以繁缛擅长者，则有葛洪《抱朴子外篇》；其质实近于魏人者，则有傅玄《傅子》及袁准《正论》。自是以外，若陆云（著《陆子新书》）、杨泉（著《物理论》）、杜夷（著《幽求子》）、华谭、孙绰（谭作《新论》，绰作《孙子》）、苏彦（著有《苏子》），均著子书。然隋、唐以下，存者仅矣。

又案：晋人论文之作，以陆机之赋为最先，观其所举文体，惟举赋、诗、碑、诔、铭、箴、颂、论、奏、说，不及传、状之属，是即文、笔之分也。又，陆云《答兄平原书》，多论文之作，于文章得失，诠及细微；其于前哲，则伯喈、仲宣之作，多所诠评；其于时贤，则张华、成公绥、崔君苗之文，并多评核。二陆工文，于斯可验。自是以外，其论及文体正变及各体源流者，晋人撰作，亦多可采：如傅玄《七谟序》《连珠序》，推论二体之起源，旁及汉、魏作者之得失（均见《艺文类聚》引）；皇甫谧《三都赋序》（《文选》）、左思《三都赋序》（《文选》）、卫权《三都序略解序》、刘逵《蜀都吴都赋注序》（并见《晋书·思传》），推论赋体之起源，与汉儒"铺陈"之训，宛为符合。（又，郭象文《碑铭论》，今不传。）其著为一书者，则有挚虞《文章流别论》二卷，今群书所引尚十余则（见严辑《全晋文》），于诗、赋、箴、铭、哀、词、颂、七、杂文之属，溯其起源，考其正变，以明古今各体之异同，于诸家撰作之得失，亦多评品，集古今论文之大成。又，李充《翰林论》五十四卷，今群书所引亦仅七则（见《全晋文》），大抵于各体之文，均举佳篇为式。彦和论文，多所依据，亦评论文学之专书。汇而观之，足知晋代名贤于文章各体研核至精，固非后世所能及也。

第五课　宋齐梁陈文学概略

中国文学，至两汉、魏、晋而大盛，然斯时文学，未尝别为一科，（故史书亦无《文苑传》。）故儒生学士，莫不工文。其以文学特立一科者，自刘宋始。考之史籍，则宋文帝时，于儒学、玄学、史学三馆外，别立文学馆（《宋书》本纪），使司徒参军谢元掌之（《南史·雷次宗传》）。明帝立总明观，分儒、道、文、史、阴阳为五部（《宋书》本纪），此均文学别于众学之征也。故《南史》各传，恒以"文史""文义"并词，而"文章志"诸书，亦以当时为最盛。（《文章志》始于挚虞，嗣则傅亮著《续文章志》，宋明帝撰《江左文章志》，沈约作《宋世文章志》，均见《隋书·经籍志》，今遗文时见群书所引。）更即簿录之学言之：晋荀勖因魏《中经》区书目为四部，其丁部之中，诗、赋、图赞，仍与汲冢书并列；自齐王俭撰《七志》，始立"文翰"之名；梁阮孝绪撰《七录》，易称"文集"，（《七录》序云："王以诗赋之名，不兼余制，故改为文翰。窃以顷世文词，总谓之集，变翰为集，于名尤显。故序'文集录'为内篇第四。"）而"文集录"中，又区楚辞、别集、总集、杂文为四部，此亦文学别为一部之证也。

今将由宋迄陈文学，区为三期：一曰宋代，二曰齐、梁，三曰陈代。

甲　宋代文学

《文心雕龙·才略篇》：宋代逸才，辞翰鳞萃。

《文心雕龙·通变篇》：宋初讹而新。

《宋书·谢灵运传论》：爰逮宋氏，颜、谢腾声。灵运之兴会飙举，延年之体裁明密，并方轨前秀，垂范后昆。

《文心雕龙·时序篇》：自宋武爱文，文帝彬雅，秉文之德。孝武多才，英采云构。自明帝以下，文理替矣。尔其缙绅之林，霞蔚而飙起，王、袁联宗以龙章，颜、谢重叶以凤采，何、范、张、沈之徒，亦不可胜数也。

《齐书·文学传论》曰：颜、谢并起，乃各擅奇，休、鲍后出，咸亦标世。朱蓝共妍，不相祖述。（余见前课。）

案：宋代文学之盛，实由在上者之提倡。《南史·临川王义庆传》谓："文帝好文章，自谓人莫能及。"《南史·孝武纪》谓："帝少读书，七行俱下，才藻甚美。"《齐书·王俭传》亦谓："宋武帝好文章，天下悉以文采相尚。"又《宋书·明帝纪》亦谓："帝爱文义，（裴子野《雕虫论》谓："帝才思朗捷。"）撰江左以来《文章志》。"均其证也。（《前废帝纪》亦谓："帝颇有文才，自造《孝武诔》及杂篇章，往往有辞采。"）故一时宗室，自南平王休铄外，（《宋书·铄传》："有文才，未弱冠，拟古三十余首，时人以为迹亚陆机。"）若建平王弘、卢陵王爱真、江夏王义恭等，并爱文义（见

《宋书》及《南史》本传）。又据《宋书·临川王义庆传》谓："其爱好文义，才学之士，远近必至。袁淑文冠当时，引为卫军咨议。其余吴郡陆展，东海何长瑜、鲍照等，并有辞章之美，引为佐吏国臣。"其《始兴王濬传》亦谓："濬好文籍，与建平王弘、侍中王僧绰、中书郎蔡兴宗等，并以文义往复。"又《建平王景素（弘之子）传》云："景素好文章，招集才义之士，以收名誉。"此均宋代文学兴盛之由也。

又案：晋、宋之际，若谢混、陶潜、汤惠休之诗，均自成派。至于宋代，其诗文尤为当时所重者，则为颜延之、谢灵运。（《宋书·灵运传》云："文章之美，与颜延之为江左第一，纵横俊发，过于延之，深密则不如也，所著文章传于世。"又，《南史·延之传》云："字延年，文章冠绝当时。"又云："延之与谢灵运俱以辞采齐名，而迟速悬绝。延之尝问鲍照，己与灵运优劣。照曰：'谢五言如初发芙蓉，自然可爱；君诗若铺锦列绣，亦雕缋满眼。'斯时议者，以延之、灵运自潘岳、陆机之后，文士莫及，江右称潘、陆，江左称颜、谢焉。"）颜、谢而外，文人辈出，（案：晋、宋之际，人才最盛。然当时人士，如孔淳之、臧焘、雷次宗、徐广、裴松之均通经史，宗少文、周续之、戴颙综达儒玄，不仅以文章著。）以傅亮（《宋书·颜延之传》："傅亮自以文义一时莫及。"又《宋书》："傅亮，字季友，博涉经史，尤善文辞。武帝受命，表策文诰，皆亮辞也。"）、范晔（《宋书·范泰传》："好为文章，文集传于世。子晔，字蔚宗，善为文章，为《后汉书》，其《与甥侄书》，谓诸序论不减《过秦》，非但不愧班氏，赞无一字空设，奇变不穷。"）、袁淑（《宋书·淑传》："字阳源，文采遒逸，纵横有才辩，文集传于世。子觊，好学美才。"又《南史·临川王义庆传》亦谓："太尉袁淑，文冠当时。"）、谢瞻（《宋书·瞻传》：

"字宣远，六岁能属文，文章之美，与从叔琨、族弟灵运相抗。"又，《谢密传》云："瞻等才词辩富。"）、谢惠连（《宋书·惠连传》："十岁能属文，灵运见其新文，每叹曰：'张华重生，不能易也。'文章并行于世。"）、谢庄（《宋书·庄传》："字希逸，七岁能属文。袁淑叹曰：'江东无我，卿当独步。'著文章四百余首行于世。"又，《殷淑仪传》谓："谢庄作哀策文奏之。帝流涕曰：'不谓当今复有此才。'都下传写，纸墨为之贵。"）、鲍照（《南史·临川王义庆传》云："照字明远，文辞赡逸，尝为古乐府，文甚遒丽。元嘉中，为《河清颂》，其叙甚工。"《史通·人物篇》亦谓："鲍照文学宗府，驰名海内，方之汉代，褒、朔之流。"）为尤工。（谢庄、鲍照诗文，尤为后世所祖述，次则傅亮诸人。）若陆展、何长瑜（《宋书·谢灵运传》："东海何长瑜，才亚惠连。"）、何承天（《南史·承天传》："所纂文及文集，并传于世。"）、何尚之（《宋书·尚之传》："爱尚文义，老而不休。"）、沈怀文（《宋书·怀文传》："少好玄理，善为文，集传于世。弟怀远，颇娴文笔。"）、王诞（《宋书·诞传》："少有才藻。"）、王僧达（《宋书》本传云："少好学，善属文。"）、王微（《宋书·微传》："字景玄，少善属文，为文多古言，所著文集传于世。"）、张敷（《宋书·敷传》："好读玄言，兼属文论。"）、王韶之、王淮之（《宋书·韶之传》："博学有文辞。宋武帝使领西省事，凡诸诏，皆其词也。"又云："宋庙歌词，韶之所制也。文集行于世。"又《王淮之传》云："赡于文词。"）、殷淳、殷冲、殷淡（《宋书·淳传》："爱好文义，未尝违舍。弟冲，有学义文辞。冲弟淡，大明世以文章见知。"）、江智深（《宋书》本传："爱好文雅，辞采清赡。"）、颜竣、颜测（《南史·颜延之传》："延之曰：'竣得臣笔，测得臣文。'"）、释慧琳（《南史·颜延之传》："时沙门释慧琳，以才学为文帝所赏。"）亦其次也。

　　又案：宋代臣僚，若谢晦（《宋书》本传称："晦涉猎文义，时人以方杨德祖。"）、蔡兴宗（《宋书》本传："文集传于世。"）、张永（《宋书》本传："能为文章。"）、江湛（《宋书·湛传》："爱文义。"）、孔琳之（《宋书·琳之传》："少好文义。"）、萧惠开（《宋书》本传云："涉猎文史。"）、袁粲（《宋书》本传："有清才，著《妙德先生传》。"）、刘勔（《宋书》本传："兼好文义。"）亦有文学。自是而外，别有鲍令晖（工诗）、荀伯子（《宋书》本传："少好学，文集传世。"）、孔宁之（《宋书·王华传》："会稽孔宁之，为文帝参军，以文义见赏。"）、谢恂（《宋书·恂传》："少与族兄庄齐名。"）、荀雍、羊璿之（《宋书·谢灵运传》："与族弟惠连、东海何长瑜、颍川荀雍、太山羊璿之以文章赏会。长瑜才亚惠连，雍、璿之不及也。"）、苏宝（《南史·王僧达传》："时有苏宝者，生本寒门，有文义之美。"）、王昙生（《宋书·王弘之传》："子昙生好文义。"）、顾愿（《宋书·顾恺之传》："弟子愿，好学有才词。"）、江邃之（《南史·江秉之传》："宗人邃之，有文义，撰《文释》传于世。"）、袁炳（《齐书·王智深传》："陈郡袁炳，有文学，为袁粲所知。"）、卞铄（《南史·文学传》："铄为袁粲主簿，好诗赋。"）、吴迈远（《南史·文学传》："迈远好为篇章。"）、王素（《南史·素传》："著《蚿赋》自况。"）诸人。（又《南史·宋武穆裴皇后传》："妇人吴郡韩兰英，有文辞，宋孝武时，献《中兴赋》。"附志于此。）此可证宋代文学之盛矣。

乙　齐梁文学

《文心雕龙·时序篇》：暨皇齐驭宝，运集休明。太祖以圣武膺箓，高祖（即武帝）以睿文纂业，文帝（即文惠太子）以贰离含章，中宗（即明帝）以上哲兴运，并文明自天，缉熙景祚。今圣历方兴，文思充被，海岳降神，才英秀发，驭飞龙于天衢，驾骐骥于万里，经典礼章，跨周轹汉，唐、虞之文，以其鼎盛乎！

《南史·文学传序》云：自中原沸腾，五马南渡，缀文之士，无乏于时。降及梁朝，其流弥甚。盖由时主儒雅，笃好文章，故才秀之士，焕乎俱集。

《梁书·文学传序》曰：高祖旁求儒雅，文学之盛，焕乎俱集。其在位者，则沈约、江淹、任昉，并以文采妙绝当时。若彭城刘溉、吴兴邱迟、东海王僧孺、吴郡张率等，皆后来之秀也。（又《隋书·文学传序》云："太和、天保之间，洛阳、江左文学尤盛。于是作者江淹、任昉、沈约、温子昇、邢子才、魏伯起等，并学穷书圃，思极人文，英华秀发，波澜浩荡。"亦与此序互明。）

《南史·梁武帝本纪论》曰：自江左以来，年逾二百，文物之盛，独美于兹。（魏徵《梁论》亦谓："魏晋以来，未有若斯之盛。"）

《文心雕龙·明诗篇》：俪采百字之偶，争价一句之奇，情必极貌以写物，辞必穷力而追新，此近世之所竞也。（江淹《杂拟诗》自序曰："五言之兴，谅非变古。

但关西邺下，既以罕同；河外江南，颇为异语。"亦齐、梁之诗与古不同之证。）

《文心雕龙·通变篇》：今才颖之士，刻意学文，多略汉篇，师范宋集，虽古今备阅，亦近附而远疏矣。（《情采篇》所云："后之作者，采滥忽真，远弃风雅，近师词赋，故体情之制日疏，逐文之篇愈甚。"亦兼赅魏、晋、宋及齐言。）

《文心雕龙·指瑕篇》：近代词人，率多猜忌，至乃比语求蚩，反音取瑕。

《文心雕龙·总术篇》：凡精虑造文，各竞新丽，多欲练辞，莫肯研术。（即《风骨篇》所谓"文术多门，明者弗授，学者弗师，习华随侈，流遁忘反"也。）

《南齐书·张融传》：融为《问律自序》曰，中代之文，道体阙变，尺寸相资，弥缝旧物。（又谓："文岂有常体，但以有体为常。"）

《南齐书·文学传论》：今之文章，作者虽众，总而为论，略有三体：一则启心闲绎，托辞华旷，虽存巧绮，终致迂回。宜登公宴，本非准的，而疏慢阐缓，膏肓之病，典正可采，酷不入情。此体之源，出灵运而成也。次则缉事比类，非对不发，博物可嘉，职成拘制。或全借古语，用申今情，崎岖牵引，直为偶说。唯睹事例，顿失精采。此则傅咸《五经》、应璩《指事》，虽不全似，可以类从。次则发唱惊挺，操调险急，雕藻淫艳，倾炫心魂。亦犹五色之有红紫，八音之有郑卫。斯鲍照之遗烈也。三体之外，请试妄谈。若夫委自天机，参之史传，应思悱来，勿先构聚。言尚易了，文憎过意，吐石含金，滋润婉切。杂以风谣，轻唇利吻，不雅不俗，独申胸怀。轮扁斫轮，言之未尽，文人谈士，罕或兼工。非唯识有不周，道实相妨，谈家所习，理胜其辞，就此求文，终然鄙夺。故兼之者鲜矣。

梁简文帝《与湘东王书》：比见京师文体，儒钝殊常，竞学浮疏，争事阐缓。玄冬修夜，思所不得，既殊比兴，正背风骚。若夫六典三礼，所施则有地；吉凶嘉宾，用之则有所。未闻吟咏情性，反拟《内则》之篇；操笔写志，更摹《酒诰》之作；"迟迟春日"，翻学《归藏》；"湛湛江水"，遂同《大传》。吾既拙于为文，不敢轻有掎摭。但以当世之作，历方古之才人，远则扬、马、曹、王，近则潘、陆、颜、谢，而观其遣辞用心，了不相似。若以今文为是，则古文为非；若以昔贤可称，则今体宜弃。俱为盍各，则未之敢许。又时有效谢康乐、裴鸿胪文者，亦颇有惑焉。何者？谢客吐言天拔，出于自然，时有不拘，是其糟粕；裴氏乃是良史之才，了无篇什之美。是为学谢，则不届其精华，但得其冗长；师裴，则蔑绝其所长，惟得其所短。谢故巧不可阶，裴亦质不宜慕。故胸驰臆断之侣，好名忘实之类，方分肉于仁兽，逞郤克于邯郸，入鲍忘臭，效尤致祸。决羽谢生，岂三千之可及？伏膺裴氏，惧两唐之不传。故玉徽金铣，反为拙目所嗤；《巴人》《下里》，更合郢中之听。《阳春》高而不和，妙声绝而不寻。竟不精讨锱铢，核量文质，有异巧心，终愧妍手。是以握瑜怀玉之士，瞻郑邦而知退；章甫翠履之人，望闽乡而叹息。诗既若此，笔又如之。徒以烟墨不言，受其驱染；纸札无情，任其摇襞。甚矣哉，文之横流，一至于此！（裴鸿胪即裴子野。）

姚铉《唐文粹自序》曰：至于魏、晋，文风下衰，宋、齐以降，益以滋薄。然其间鼓曹、刘之气焰，笙潘、陆之风格，舒颜、谢之清丽，蔼何、刘之婉雅，虽风兴或缺，而篇翰可观。（案：铉说简约，故附录于此。）

案：齐、梁文学之盛，虽承晋、宋之绪余，亦由在上者之提倡。据《齐书·高帝纪》谓："帝博学善属文。"（《南史》本纪谓："帝所著文诏，中书侍郎江淹撰次之。"）故高帝诸子，若鄱阳王锵好文章，江夏王锋能属文，并见《齐书》《南史》，非惟豫章王嶷工表启、武陵王晔工诗已也。（《齐书·晔传》："好文章，与诸王共作短句，诗学谢灵运体。"）嗣则文惠太子、竟陵王子良（《南史·太子传》云："文武士多所招集，虞炎、范岫、周颙、袁廓，并以学行才能应对左右。"《梁书·范岫传》云："文惠在东宫，沈约之徒，以文才见引。"又，《齐书·子良传》云："礼才好士，天下才学，皆游集焉。士子文章，及朝贵辞翰，皆发教撰录。所著内外文笔数十卷。"又，《梁书·武帝纪》谓："齐竟陵王开西邸，招文学。帝与沈约、谢朓、王融、萧琛、范云、任昉、陆倕等并游，号曰八友。"沈约、范云各传并同。又，《南史·刘绘传》云："永明末，都下人士，盛为文章谈义，皆凑竟陵西邸。"又，《王僧孺传》云："子良开西邸，招文学，僧孺与虞羲、丘国宾、萧文琰、丘令楷、江洪、刘季孙，并以善辞藻游焉。"）、衡阳王钧（《南史·钧传》："善属文，与琅琊王智深以文章相会，齐阳江淹亦游焉。"）、随王子隆（《齐书·子隆传》："有文才。武帝以为'我家东阿'。文集行于世。"又《谢朓传》云："为子隆镇西文学。子隆好辞赋，朓尤被赏。"），均爱好文学，招集文士。又开国之初，王俭之伦，亦以文章提倡。（详任昉《王文宪集序》及《齐书》各传。）故宗室多才，（《梁书·萧几传》："年十岁，能属文，十五撰《杨公则诔》。子为，亦有文才。"又《齐书·萧颖胄传》云："好文义。"均其证也。）而庶姓之中，亦人文蔚起。梁承齐绪，武帝尤崇文学。（《南史》本纪谓："帝博学多通，及登宝位，躬制赞、序、诏、诰、铭、诔、箴、颂、笺、奏诸文百二十卷。"又《文学传序》云："武帝每所临幸，辄命群臣赋诗，其文之善者，赐以金帛。是以缙绅之士，咸知自励。"又《袁峻传》："武帝雅好词赋，时献文章于南阙者相望焉。"《王筠传》亦云："敕撰《中书表奏》三十卷，及所上赋颂，都为一集。"）嗣则昭明太子、简文帝、元帝，并以文学著闻，（《梁书·昭明太子传》："每游宴祖道，赋诗至十数韵，或命作剧韵，皆属思便成。所著文集二十卷，又撰古今典诰文言为《正序》十卷，五言诗之善者为《文章英华》二十卷，《文选》三十卷。"又《南史·简文帝纪》谓："帝六岁能文，及长，辞藻艳发，雅好赋诗。其自序云：'七岁有诗，长而不倦。'所著文集一百卷行世。"又《元帝纪》谓："帝天才英发，出言为论，军书羽檄，文章诏诰，点毫便就。著《词林》三卷，文集五十卷。世子方等有俊才，撰《三十国春秋》。"）而昭明、简文，均以文章为天下倡，（《梁书·昭明传》："引纳才学之士，赏爱无倦，或与学士商榷古今，继以文章著述。于时名才并集，文学之盛，晋、宋以来所未有也。"又《王锡传》云："武帝敕锡与张缵入宫与太子游宴，又敕陆倕、张率、谢举、王规、王筠、刘孝绰、到洽、张缅为学士十人。"《刘孝绰传》云："昭明好士爱人，孝绰与殷芸、陆倕、王筠、到洽等同见礼。"此昭明重文之证。又《南史·简文纪》云："及居监抚，弘纳文学之士。"《庾肩吾传》云："简文开文德省置学士，肩吾子信、徐摛子陵、吴郎、张长公、北地傅弘、东海鲍至等充其选。"此简文重文士之征。）此即《南史·梁纪》所谓"文物之盛，独美于兹"也。（《雕龙》所云："唐、虞之文，其鼎盛乎。"亦与《南史》之说相合。）故武帝诸子能文者，有豫章王综（《梁书·综传》："有才学，善属文。"）、邵陵王纶（《梁书·纶传》："博学，善属文，尤工尺牍。"）、武陵王纪（《梁书·纪传》："有文才。"）；其诸孙能文者，有后梁主詧（《周书·詧传》："好文义，所著文集十五卷。子世宗岿，有文学，文集行世。后主琮，博学有文义。"）、南康王会理、建安县侯义理（并南康王绩子。《梁书·会理传》："少好文史。弟义理，有文才，尝祭孔文举墓，并为立碑，制文甚美。"）、寻阳王大心、南郡王大连、乐良王大圜（并简文子。《梁书·大心、大连传》并云"能属文"。《周书·大圜传》："有文集。"）；其宗室能文者，则有长沙王业（《梁书·业传》："文集行于世。子孝俨，献《相风乌》《华光殿》《景阳山》等颂，其文甚美。孙南安侯骏，工文章。"）、安成王秀（《南史·秀传》："精意学术。子机，所著诗赋数千言，元帝集而序之。机弟推，好属文，深为简文所亲赏。"）、南平王伟（《梁书·伟传》："制《性情》《几神》等论。"）、鄱阳王范（《南史·范传》："招集文才，率意题章，时有奇致。弟谘，十一能属文。"）、上黄侯晔（《南史·晔传》："献《储德颂》。"），而安成、南平二王，尤好文士。（《南史·秀传》："尤好人物，招刘孝标使撰《类苑》。当时高才游王门者：东海王僧孺，吴郡陆倕，彭城刘孝绰，河东裴子野。"又《伟传》云："四方游士，当时知名者，莫不毕至。"）任昉之流，亦为当时文士所归。（《南史·陆倕传》云："昉为中丞，预其宴者：殷芸、到溉、刘苞、刘孺、刘显、刘孝绰及陆倕而已，号曰龙门聚。"《南史·到溉传》："任昉为御史中丞，后进皆宗之。时有彭城刘孝绰、刘苞、刘孺，吴郡陆倕、张率，陈郡殷芸，沛国刘显及溉、洽，车轨日至，号曰兰台聚。"《昉传》亦谓："昉好交结，奖进士友。"）此亦梁代文学兴盛之由也。

又案：宋、齐之际，亦中古文学兴盛之时。齐初，臣僚如褚渊、王僧虔（《齐书·僧虔传》："与袁淑、谢庄善，淑叹为文情鸿丽。"）之流，虽精文学，（又《齐书·崔元祖传》云："善属文。"《沈文季传》云："爱好文章。"亦其证。）然集其大成者，惟王俭。（《齐书·俭传》："字仲宝，甚闲辞翰。大典将行，礼仪诏策，皆出于俭。"又云："手笔典裁，为当时所重。文集行于世。"任昉有《王文宪集序》）。自嗣而降，文士辈出，（据《齐书》各传，如刘绘诸人，均以文义擅盛一时。周颙诸人，尤精谈议，不仅以文学名。至若臧荣绪、沈驎士、陆澄、刘瓛、刘琎、明僧绍、刘虯、关康之诸人，兼通经业，所长不仅文章，然《齐书》瓛等各传，并云"有文集行世"。嗣则崔慰祖、贾希镜、祖冲之，亦不仅以文章名。）其兼工诗文者，厥唯王融（《齐书·融传》："字元长，博涉，有文才。武帝使为《曲水诗序》，当时称之。文辞捷速，有所造，援笔立就。"又云："融文行于世。"又《南史·任昉传》："王融有才俊，自谓无对。"）、谢朓（《南史·朓传》："字玄晖，文章清丽，长五言诗。沈约常云：'二百年来无此诗也。'敬皇后迁祔山陵，朓撰哀策文，齐世莫有及者。"钟氏《诗品》亦谓："朓奇章秀句，往往惊遒，足使叔源失步，明远变色。"）。齐、梁之际，则沈约、范云、江淹、邱迟并工诗文（《南史·约传》："字休文，善属文。时谢玄晖善为诗，任彦昇工于笔，约兼而有之，然不能过。著《文章志》三十卷，文集一百卷。"又《范云传》：
"字彦龙，善属文，下笔辄成，有集三十卷。"又《江淹传》："字文通，留
情文章。齐高帝让九锡及诸章表，皆淹制也。少以文章显，晚节才思微退。凡
所著述，自撰为前后集。"又《邱迟传》："字希范，八岁属文，辞采丽逸，
劝进梁王及殊礼，皆迟文也。帝作连珠诏，群臣继作者数十人，迟文最美。"
又据钟嵘《诗品》谓："休文五言最优，辞密于范，意浅于江。"又谓："范
云婉转清便，如流风回雪；邱迟点缀映媚，似落花依草。"），任昉尤长载
笔（《南史·昉传》："字彦昇，八岁能属文。王俭每见其文，以为当时无
辈。王融见其文，怳然自失。"又云："昉尤长载笔，颇慕傅亮，才思无穷。
当时王公表奏，莫不请焉，起草即成。沈约深所推挹。梁台建禅让文诰，多
昉所具。所著文章数十万言，盛行于世。王僧孺谓过董生、扬子。"）。嗣
则刘孝绰（《梁书·孝绰传》："七岁能属文。王融深赏异之，任昉尤相赏
好。梁武览其文，篇篇称赏，由是朝野改观。"又云："孝绰辞藻，为后进
所宗。时重其文，每作一篇，朝成暮遍，好事者咸传诵写，流闻河朔，亭苑
挂壁，莫不题之。文集数十万言行于世。子谅，有文才。"）、刘峻（《梁
书·峻传》："字孝标，文藻秀出。为《山栖志》，文甚美。"）、裴子野
（《梁书·子野传》："字几原，善属文，武帝诸符檄皆令具草。"又云：
"为文典而速，不尚靡丽，制多法古，与今文体异。当时或有诋诃者，及其
末，翕然重之。文集二十卷行于世。"）、王筠（《梁书·筠传》："字元
礼，七岁能属文，十四为《芍药赋》，其辞甚美。又能用强韵，每公宴并作，
辞必妍靡。沈约谓王志曰：'贤弟子文章之美，可谓后来独步。'自撰文章，
以一官为一集，凡百卷，行于世。"）、陆倕（《南史·陆慧晓传》："三子
僚、任、倕，并有美名，时人谓之三陆。倕字佐公，善属文。武帝雅爱倕文，
敕撰《新漏刻铭》《石阙铭》。"），其诗文均为当时所法。其尤以诗

名者，则柳恽、吴均（《梁书·柳恽传》："字文畅，著《述先颂》，文甚哀丽。少工篇什，王融见而嗟赏。和武帝《登景阳楼》篇，深见赏美，当时咸相称传。"又《吴均传》："字叔庠，有俊才。沈约见均文，颇相称赏。柳恽为吴兴，召补主簿，日引与赋诗。均文体清拔，有古气，好事者或效之，谓为吴均体。著文集二十卷。"）、何逊（《梁书·逊传》："字仲言，八岁能赋诗。范云称为'含清浊，中古今'。梁元帝论之云：'诗多而能者沈约，少而能者谢朓、何逊。'文八卷。"）是也。

又案：宋、齐之际，有丘灵鞠、檀超、丘巨源（《南史·文学传》："丘灵鞠，善属文，宋时文名甚盛，著《江左文章录》，文集行世。""檀超，少好文学。""丘巨源，有笔翰。"）、张融（《齐书·融传》："字思光，至交州作《海赋》，文辞诡激，独与众异。为《问律自序》曰：'吾文章之体，多为世人所惊。'又戒其子曰：'吾文体屡变，变而屡奇。'文集数十卷行世。"）、谢超宗（《南史》："凤子超宗，有文辞。宋殷淑仪卒，作诔奏之，帝大嗟赏。齐撰郊庙歌，作者十人，超宗辞独见用。"）、孔珪（《齐书·珪传》："好文咏。高帝使与江淹对掌辞笔。"）、卞彬（《南史·文学传》："卞彬，险拔有才，著《蚤》《虱》等赋，文章传于闾巷。"）、顾欢（《南史·欢传》："字景怡，六七岁作《黄雀赋》。善于著论，作《正名论》《华夏论》。梁武帝诏欢诸子撰欢文议三十卷。"），均以文学擅名。若虞愿（《南史·愿传》："撰《会稽记》、文翰数十篇。"）、苏侃（《南史·侃传》载所作《塞客吟》）、江敩（《齐书》本传："敩好文辞。"）、袁彖（《南史·彖传》："善属文及谈玄。"）、刘祥（《南史·祥传》："少好文学，著连珠十五首寄怀。"）、谢颢、谢瀹（《南史·谢庄传》："子颢，守豫章，免官，诣齐高帝自占谢，言辞清丽。弟瀹，齐帝起禅灵寺，敕为碑文。"）、王僧佑（《南史》本传："齐孝武时献《讲武赋》。"）、王摛（《南史·摛传》："王俭示以隶事，操笔便成，文章既异，辞亦华美。"）、檀道鸾（《南史·檀超传》："叔父道鸾，有文学。"），亦其次也。齐则陆厥（《梁书·厥传》："字韩卿，善文章，文集行于世。"）、虞炎（《齐书·陆厥传》："会稽虞炎，永明中以文学与沈约俱为文惠太子所遇。"）、王智深（《齐书·智深传》："字云才，少从谢超宗学属文，成《宋书》三十卷。"）、虞羲（《文选注》引《虞羲集序》："羲字子阳，七岁能属文。"），并以文著。若孔广、孔逭（《南史·文学传》："会稽孔广、孔逭，皆才学知名。逭有才藻，制《东都赋》，于时才士称之。"）、诸葛勖（《南史·文学传》："琅邪诸葛勖作《云中赋》。"）、袁嘏、高爽（《南史·文学传》："又有陈郡袁嘏，自重其文。广陵高爽，博学多才，作《镬鱼赋》，其才甚工。"）、庾铣（《齐书·王智深传》："颍川庾铣，善属文，见赏豫章王。"）、孔颎（《齐书·谢朓传》："会稽孔颎，粗有才笔。"）、王斌（《南史·陆厥传》："时有王斌者，初为道人，雅有才辩，善属文。"）、丘国宾、丘令楷、萧文琰、江洪（并见《南史·王僧孺传》。《吴均传》亦谓洪工属文），亦其次也。齐、梁之际，则王僧孺（《梁书·王僧孺传》："工属文，多识古事。其文丽逸，多用新事，人所未见者，时重其富博。文集三十卷。"）、萧子恪、萧子范、萧子显、萧子云（《南史·子恪传》："字景冲，十二和竟陵王《高松赋》，王俭见而奇之。颇属文，随弃其本，故不传文集。弟子范，字景则，南平王使制《千字文》，其词甚美，府中文笔，皆使具草。简文薨后，使制哀策，文理哀切。前后文集三十卷。子显，字景阳，工属文。著《鸿序赋》，沈约称为《幽通》之流。启撰《齐书》。武帝雅爱其才。尝为自序，略谓：颇好辞藻，屡上歌颂，每有制作，特广思功，须其自来，不以力构。文集二十卷。

子云，字景乔，勤学有文藻，弱冠撰《晋书》。"）、陶弘景（《南史》：
"陶弘景，字通明，著《学范》等书。"案：今传《弘景集》二卷）、江革
（《梁书·革传》："字休映，六岁解属文。王融、谢朓雅相敬重，竟陵王
引为西邸学士。有集二十卷行世。"）、徐勉（《梁书·勉传》："六岁
率尔为文，见称耆宿。长好学，善属文。凡所作前后二集，十五卷。"）、
范缜（《南史·缜传》："字子直，作《伤暮诗》《神灭论》，文集十五
卷。"）、周舍（《南史·舍传》："字升逸，博学，精义理，文二十
卷。"）、王巾（《文选》注引《姓氏英贤录》："巾字简栖，为《头陀寺
碑》，文词巧丽，为世所重。"）、柳恽（《梁书·恽传》："字文通，工
制文，尤晓音律。齐武帝称其属文遒丽。著《仁政传》及诸诗赋。"）、袁
峻（《南史·峻传》："字孝高，工文辞，拟扬雄《官箴》奏之，奉敕与陆
倕各制《新阙铭》。"）、钟嵘（《南史·嵘传》："字仲伟，与兄岏并好
学。衡阳王令作《瑞室颂》，辞甚典丽。"又云："嵘品古今诗。"）、刘
勰（《南史·勰传》："字彦和，撰《文心雕龙》五十篇，论古今文体。为
文长于佛理，都下寺塔及名僧碑志，必请制文。"）、谢朏（《南史·朏
传》："字敬冲，谢庄子。十岁能属文。有文章行于世。"）、刘苞、刘
孺、刘遵（《南史·刘苞传》："字孟尝，少能属文，受诏咏《天泉池荷》
及《采菱调》，下笔即成。"又《刘孺传》："字孝稚，七岁能属文。沈约
与赋诗，大为嗟赏。少好文章，性又敏速，受诏为《李赋》，文不加点。文
集二十卷。弟遵，工属文，皇太子令称为辞章博赡，玄黄成采。"）、刘昭
（《梁书·昭传》："字宣卿，善属文，江淹早相称赏。集注《后汉》百八十
卷，文集十卷。"）、周兴嗣（《梁书·兴嗣传》："字思纂，善属文。
天监初，献《休平赋》，文甚美。武帝敕与陆倕各制《光宅寺碑》，帝用兴
嗣所制。自是《铜表铭》《栅塘碣》《北伐檄》《次韵王羲之书千字》，并

使兴嗣为文。文集十卷。"）、王籍（《南史·籍传》："字文海，为诗慕谢灵运，至其合也，殆无愧色。湘东王集其文为十卷。"），并工文章。（案：齐、梁之际，若伏曼容、何佟之、贺玚、傅昭、何点、何胤、刘显、阮孝绪，均博于学术；张绪、张充、明山宾、庾诜，兼综儒玄，不仅以文学名，然其文亦均可观。）若范岫（《南史·岫传》："文集行世。"）、裴邃（《梁书·邃传》："十岁能属文。"）、袁昂（《南史·昂传》："有集三十卷。"）、谢几卿（《南史·谢超宗传》："子几卿，博学有文采，文集行于世。"）、王泰（《南史·泰传》："每预朝宴，刻烛赋诗，文不加点。"）、孔休源（《南史·休源传》："与王融友善，为竟陵王西邸学士。凡奏议弹文，勒成十五卷。"）、王彬（《南史·彬传》："好文章。齐武帝起旧宫，彬献赋，文辞典丽。"）、顾宪之（《南史》本传："所著诗赋铭赞并《衡阳记》，数十篇。"）、沈颙（《南史》本传："著文章数十篇。"）、诸葛璩（《南史·璩传》："所著文章二十卷，门人刘瞰集而录之。"）、范述曾（《南史·述曾传》："著杂诗赋数十篇。"）之流，亦其次也。梁则刘潜（《南史·潜传》："字孝仪，工属文，敕制雍州平等寺金像碑，文甚弘丽。文集二十卷行世。弟孝威，大同中上《白雀颂》，甚美。"）、伏挺（《南史·挺传》："长有才思，为五言诗，善效谢康乐体，任昉深加叹异。文集二十卷。"）、谢蔺（《南史·蔺传》："字希如，献《甘露颂》，武帝嘉之，使制《萧楷德政碑》《宣城王奉述中庸颂》。所制诗赋碑铭数十篇。"）、萧洽（《梁书·洽传》："博涉，善属文。敕撰《当涂庙碑》，辞甚赡丽。文集二十卷行世。"）、刘之遴（《梁书·之遴传》："字思贞，八岁能属文，沈约、任昉异之。前后文集五十卷。"）、刘杳（《梁书·杳传》："字士深，博综群书。沈约叹美其文。著《林庭赋》，王僧孺叹曰：'《郊居》以后，无复此作。'文集十五卷。"）、张率（《梁书·率传》："字士简，十二能属文，日限为诗一篇。稍进，作赋颂，武帝谓兼马枚工速。自少属文，《七略》及《艺文志》所载诗赋今无其文者，并补作之。所著《文衡》十五卷，集四十卷。"）、陆云公（《梁书·云公传》："字子龙，有才思。制《太伯庙碑》，张缵叹为'今之蔡伯喈'。文集行世。"）、谢微（《梁书·微传》："字玄度，善属文，于武德殿赋诗三十韵，二刻便成。又为临汝侯制《放生文》，亦见赏于世。文集二十卷。"）、萧琛（《梁书·琛传》："字彦瑜，有才辩，撰诸文集数十万言。又二子密，博学有文词。"）、谢览、谢举（《梁书·览传》："字景涤，与王、陈为时赠答，其文甚工。弟举，字言扬，年十四赠沈约诗，为约所赏。文集二十卷。"）、王规（《梁书·规传》："字威明，献《太极新殿赋》，其词甚工。于文德殿赋诗五十字，援笔立奏，其文又美。文集二十卷。"）、到沆、到溉、到洽（《梁书·沆传》："字茂瀣，善属文。武帝命为诗二百字，三刻便成，其文甚美。所著诗赋百余篇。溉字茂灌，善于应答，有集二十卷。洽字茂沿，有才学，谢朓深相赏好。梁武使与萧琛、任昉赋二十韵诗，以洽辞为工。奉敕撰《太学碑》。文集行世。"）、张缅、张缵（《梁书·缅传》："字元长，抄《江左集》未及成。文集五卷。弟缵，字伯绪，好学，为湘州刺史，作《南征赋》。文集二十卷。"）、徐摛（《梁书·摛传》："字士秀，属文好为新变，不拘旧体。为太子家令，文体既别，春坊尽学之。"）、徐悱、徐绲（《梁书·绲传》："为湘东王参军，辩于辞令，文冠一府，特有轻艳之才，新声巧变，人多讽习。"又《徐勉传》云："子悱，字敬业，聪敏能属文。悱妻刘孝绰妹，文尤清拔。"）、何思澄（《南史·思澄传》："字元静，少工文，为《游庐山诗》，沈约大相称赏，自谓弗逮。傅昭请制《释奠诗》，辞文典丽。文集十五卷。"又云："思澄与宗人逊及子朗，俱擅文名。子朗早有才思，尝为《败冢赋》，文甚工，行于世。"）、任孝恭（《南史·孝恭传》："有才学，敕制《建陵寺刹下铭》，又启撰《武帝集序》，文并富丽，自是专掌公家笔翰。孝恭为文，敏速若不留思，每奏称善。文集行于世。"）、纪少瑜（《南史·少瑜传》："字幼场，十三能属文，王僧孺见而赏之曰：'此子才藻秀拔，方有高名。'"）、庾肩吾（《南史·肩吾传》："字慎之，八岁能赋诗，辞采甚美。"）、刘毅（《南史》："毅字仲宝，善辞翰，随湘东王在藩，当时文檄，皆其所为。"）、颜协（《南史·协传》："字子和，文集二十卷，遇火湮灭。"）、鲍泉（《南史·泉传》："字润岳，兼有文笔。元帝谓：'我文之外，无出卿者。'"）、蔡大宝（《周书·大宝传》："善属文，文词赡速，檄之章表书记教令册诏，并大宝专掌之。著文集三十卷。"），并擅文词。（梁代士人，无不工文，而文人亦均博学，故有文名为学所掩者，如贺琛、殷芸、严植之、崔灵思、沈峻、孔子祛、皇侃之流是也。然览其遗文，均有可观。又以《南史》各传考之，如《顾协传》："文集十卷行于世。"《朱异传》："文集百余篇。"《许懋传》："有集十五卷。"《司马褧传》："庾肩吾集其文为十卷。"协等诸人，亦不仅以文章著。）若萧子晖、萧滂、萧确、萧序恺（《南史》："萧子云弟子晖，有文才。"又云："子范、子滂、确，并有文才。"又云："子显、子序恺，简文与湘东王令，称为才子。"）、萧贲（《南史·萧同传》："弟贲，有文才。"）、萧介（《梁书·介传》："武帝置酒赋诗，介染翰便成，文不加点。"）、臧严（《南史·严传》："幼作《屯游赋》七章，辞并典丽。文集十卷。"）、谢侨（《南史·侨传》："集十卷。"）、王承、王训（《南史·承传》："以文学相尚。弟训，文章为后进领袖。"）、庾仲容（《南史》本传："文集二十卷行于世。"）、江蒨（《南史·蒨传》："文集十五卷。"）、江禄（《南史·禄传》："有文章。"）、刘縠（《南史·殷传》："善辞翰。"）、刘沼（《南史·沼传》："善属文。"）、刘霁（《南史·霁传》："文集十卷。"）、刘歊（《南史·歊传》："博学有文才，著《笃终论》。"）、陆罩（《南史·罩传》："善属文，撰《简文帝集序》。"）、何偘（《南史·何逊传》："从叔偘，亦以才著闻，著《拍张赋》。"）、虞骞、孔翁归、江避（《南史·何逊传》："时有会稽虞骞，工为五言诗，名与逊埒。又有会稽孔翁归，工为诗。济阳江避，博学有思理。并有文集。"）、罗研、李膺（《梁书·研传、膺传》并云："有才辨，以文达。"）、吴规（《梁书·张缵传》："吴兴吴规，颇有才学，邵陵王深相礼遇。"）、王子云、费昶（《南史·何思澄传》："太原王子云，江夏费昶，并为闾里才子。昶善乐府，又作鼓吹曲，武帝重之。子云尝为《自吊文》，甚美。"）、江子一（《南史·子一传》："辞赋文章数十篇行于世。"）、刘慧斐（《南史》本传："能属文。"）、庾曼倩（《南史·庾诜传》："子曼倩，所著文章凡九十五章。"）、傅准（《梁书·傅昭传》："子准，有文才。"）、江从简（《南史·江德藻传》："弟从简，少有文情。"）、谢侨（《南史·侨传》："集十卷。"）、鲍行卿（《南史·鲍泉传》："时有鲍行卿，好韵语，上《王璧铭》，武帝发诏褒赏。集二十卷。"）、甄玄成、岑善方、傅准、萧欣、柳信言、范迪、沈君游（准，后梁臣。《周书》云：玄成善属文，有文集二十卷。善方善辞令，著文集十卷。准有文才，善词赋，文集二十卷。欣善属文，与柳信言俱为一代文宗，有集二十卷。迪善属文，有文集十卷。君游有词采，有文集十卷），亦其次也。齐、梁文学之盛，即此可窥。

丙　陈代文学

《陈书·文学传》云：后主雅尚文词，傍求学艺，焕乎俱集。每臣下表疏，及献上赋颂者，躬自省览，其有辞工，则神笔赏激，加其爵位。是以搢绅之徒，咸知自励矣。

《南史·文学传序》：至有陈受命，运接乱离，虽加奖励，而向时之风流息矣。岂金陵之数将终三百年乎？不然，何至是也？（案：此说与《陈书》相反。今以《陈书》各纪传考之，则此说实非。盖陈之文学，虽不及梁代之盛，然风流固未尝歇绝也。）

案：陈代开国之初，承梁季之乱，文学渐衰。然世祖以来，渐崇文学。（据《南史·世祖纪》及《陈书·世祖纪论》，并谓崇尚儒术，爱悦文义。）后主在东宫，汲引文士，如恐不及，（《陈书·姚察传》："补东宫学士。于时江总、顾野王、陆琼、陆瑜、褚玠、傅绎等，皆以才学之美，晨夕娱侍。"）及践帝位，尤尚文章。（《陈书·后主纪论》云："待诏之徒，争趋金马；稽古之秀，云集石渠。"是其证也。）故后妃宗室，莫不竞为文词。（《陈书·后主沈皇后传》："涉猎经史。后主薨，自为哀词，文甚酸切。"《陈本》又谓："后主以宫人有文学者为女学士。"又谓："高宗子岳阳王叔慎，后主子吴兴王胤，皆能属文，是时，后主尤爱文章，叔慎与衡阳王伯信，新蔡王伯齐等，每属诏赋诗，恒被嗟赏。"）又开国功臣如侯安都、孙玚、徐敬成，均结纳文士。（《陈书·侯安都传》："为五言诗颇清靡。招聚文士褚玠、马枢、阴铿、张正见、徐伯阳、刘珊、祖孙登，或命以诗赋，第其高下。"《孙玚传》："尝于山斋集玄儒之士。"《徐敬成传》："结交文义之士。"）而李爽之流，以文会友，极一时之选。故文学复昌，迄于亡国。（《南史·徐伯阳传》："太建初，与李爽、张见正、贺彻、阮卓、萧诠、王由礼、马枢、祖孙登、贺循、刘删等，为文会友，后有蔡凝、刘助、陈暄、孔范亦与焉，皆一时士也。游宴赋诗，动成卷轴。伯阳为其集序，盛传于世。"）然斯时文士，首推徐陵（《陈书·陵传》："字孝穆，摛子，八岁能属文。自有陈创业，文檄军书及禅授诏策，皆徐陵所制，而《九锡》尤美，为一代文宗。世祖、高宗之世，国家有大手笔，皆陵草之。其文颇变旧体，缉裁巧密，多有新意。每一文出手，好事者已传写成诵，遂被之华夷，家藏其本。存者三十卷。弟孝克，亦善属文，而文不逮。子义、俭，梁元帝叹赏其诗，以为徐氏复有文。俭弟份，九岁为《梦赋》，陵谓：'吾幼属文，亦不加此。'"）、沈炯（《陈书·炯传》："字礼明，少有隽才，王僧辩羽檄军书，皆出于炯。上表江陵劝进，其文甚工，当时莫逮。为西魏所虏。魏人爱其文才，尝经行汉武通天台，为表奏陈思归之意，寻获东归。文帝重其文。有集二十卷行世。"《南史》亦曰："沈炯才思之美，足以继踵前良。"），次则顾野王（《陈书·野王传》："字希冯，九岁能属文，尝制《日赋》，朱异见而奇之，以笃学知之。著《玉篇》《舆地志》等，及文集二十卷。"）、江总（《陈书·总传》："字总持，笃学，有辞采。梁武览总诗，深降嗟赏。张缵等深相推重。"又云："总能属文，于五言七言尤善，然伤于浮艳。文集三十卷行世。子溢，颇有文词。"）、傅縡（《陈书·縡传》："字宜事，能属文。为文典丽，性又敏速，虽军国大事，下笔辄成，未尝起草，沉思者亦无以加。有集十卷。"）、姚察（《陈书·察传》："字伯审，十二能属文。后主时，敕专知优册谥议等文笔。每有制述，多用新奇，人所未见，咸重富博。所撰寺塔及众僧文章，特为绮密，所著《汉书训纂》等，及文集二十卷行世。"）、陆琼（《陈书·琼传》：“字伯玉，云公子。六岁为五言诗，颇有词采，长善属文。后主即位，掌诏诰，有集二十卷。子从典，八岁拟沈约《回文砚铭》，便有佳致；十三为《柳赋》，其词甚美。”）、陆琰、陆瑜（《陈书·琰传》：“字温玉，琼从父弟。世祖使制《刀铭》，援笔即成。所制文笔多不存，后主求其遗文，撰成二卷。弟瑜，字干玉，美词藻。太建二年，命为《太子释奠诗序》，文甚赡丽。有集十卷。瑜从父兄玠，字润玉，能属文，有集十卷。从父弟琛，字洁玉，十八上《善政颂》，颇有词采。”），并以文著。若沈不害（《陈书·不害传》：“字孝和，治经术，善属文，每制文操笔立成，曾无寻检。文集十四卷。”）、孔奂（《陈书·奂传》：“字休文，善属文。王僧辩为扬州，笺表书翰，皆出于奂。有集十五卷，弹文四卷。”）、徐伯阳（《陈书·伯阳传》：“字隐忍，年十五，以文笔称。侯安都令为谢表，文帝见而奇之。又为《辟雍颂》，甚见嘉赏。”）、毛喜（《陈书·喜传》：“字伯武，高宗为骠骑，府朝文翰，皆喜词也。有集十卷。”）、赵知礼（《陈书·知礼传》：“字齐旦，为文赡速，每占授军书，下笔便就。高祖上表元帝及与王僧辩论述军事，其文并知礼所制。”）、蔡景历（《陈书·景历传》：“字茂世，好学，善尺牍。高祖镇朱方，以书要之。景历对使答书，笔不停辍。将讨王僧辩，草檄立成，辞义感激。”又云：“景历属文，不尚雕磨，而长于叙事，应机敏速，为当时所称。有文集二十卷。子征，聪敏才赡。”）、刘师知（《陈书·师知传》：“工文笔，善仪体，屡掌诏诰。”）、杜之伟（《陈书·之伟传》：“字子大，幼有逸才。徐勉见其文，重其有笔力。”又云：“之伟为文，不尚浮华，而温雅博赡，所制多遗失，存者十七卷。”）、颜晃（《陈书·晃传》：“字元明，少有辞采，献《甘露颂》，词义该典。其表奏诏诰，下笔立成，便得事理，而雅有气质。有集十二卷。”）、江德藻（《陈书·德藻传》：“字德藻，善属文，著文笔十五卷。子椿，亦善属文。"）、庾持（《陈书·持传》："字允德，尤善书记，以才艺闻。持善字书，每属词，好为奇字，文士亦以此讥之。有集十卷。"）、许亨（《陈书·亨传》："字亨道，少为刘之遴所重。撰《齐书》《梁史》。所制文笔六卷。"）、褚玠（《陈书·玠传》："字温理，长能属文，词义典实，不好艳靡，所制章奏杂文二百余篇，皆切事理。"）、岑之敬（《陈书·之敬传》："字思礼，以经业进。雅有词笔，有集十卷行世。"）、蔡凝（《陈书·凝传》："有文辞。"）、何之元（《陈书·之元传》："有才思。著《梁典》。"）、章华（《陈书·傅縡传》："吴兴章华，善属文。"）之流，或工诗文，或精笔翰，亦其选也。又梁代士大夫，多仕陈廷，以文学著，如萧允（《陈书·允传》："经延陵季子庙，为诗叙意，辞理清典。"）、周弘正（《南史·弘正传》："玄理为当时所宗。集二十卷。弟弘让、弘直。弘直幼聪敏，有集二十卷。"）、萧引（《陈书·引传》："善属文。弟密，有文词。"）、张种（《南史·种传》："有集十四卷。"）、王劢（《南史·劢传》："从登北顾楼，赋诗，辞义清典。"）、沈众（《陈书·众传》："沈约孙，有文才。梁武令为《竹赋》，手敕答曰：'文体翩翩，可谓无忝尔祖。'"）、袁枢（《陈书·枢传》："有集十卷行世。"）、谢嘏（《陈书·嘏传》："善属文，文集行世。"）、虞荔、虞寄（《陈书·荔传》："善属文。梁武使制《士林馆碑》。弟寄，大同中上《瑞雨颂》，梁武谓其典裁清拔。"）是也。（又案：梁、陈之际，若王通、谢岐、袁敬、袁泌、刘仲威、王质、萧乾、韦载、韦鼎、王固、萧济、沈君公，虽不以文名，亦均工文。若夫沈文阿、沈洙、王元规、郑灼、顾超之流，博综经术；张讥、马枢兼善玄言，亦不仅以文名。）

其有尤工诗什者，自徐、沈外，则有阴铿（《南史·铿传》："字子坚，尤善五言诗，为当时所重。世祖使赋《新成安乐宫诗》，援笔立就。有集三卷行世。"）、张正见（《陈书·正见传》："字见赜，年十三献颂，梁简文深赞赏之。有集十四卷。其五言诗尤善，大行于世。"）、阮卓（《陈书·卓传》："尤工五言诗。"）、谢贞（《陈书·贞传》："八岁为《春日闲居》五言诗，有'风定花犹落'句，王筠以为追步惠连。有集，值乱不存。"）诸人。若夫孔范、刘暄之流，惟工藻艳，（详下节。）亦又不足数矣。

丁 总论

宋、齐、梁、陈文学之盛，既综述于前。试合当时各史传观之：自江左以来，其文学之士，大抵出于世族，而世族之中，父子兄弟各以能文擅名。如《南史》称刘孝绰兄弟及群从子侄，当时有七十人，并能属文，近古未之有（《孝绰传》）。又王筠与诸儿论家门文集书谓："史传所称，未有七叶之中，人人有集如吾门者。"（《筠传》）此均实录之词。（当时文学之盛，舍琅琊王氏及陈郡谢氏、吴郡张氏外，则有南兰陵萧氏、陈郡袁氏、东海王氏、彭城到氏、吴郡陆氏、彭城刘氏、东莞臧氏、会稽孔氏、庐江何氏、汝南周氏、新野庾氏、东海徐氏、济阳江氏，均见《南史》。）惟当时之人，既出自世族，故其文学之成，必于早岁，（详前节。）且均文思敏速，或援笔立成，或文无加点，（亦详前节。故梁武集文士作诗文，均限晷刻。又《南史·王僧孺传》称："齐竟陵王，集学士为诗四韵，刻烛一寸。"亦其证也。若《徐勉传》："下笔不休。"《朱异传》："不暂停笔。"又当时诏诰书疏，词贵敏速之证。）此亦秦汉以来之特色。至当时文学得失，稽之史传及诸家各集，厥有四端：

一曰：矜言数典，以富博为长也。齐、梁文翰与东晋异，即诗什亦然。自宋代颜延之以下，侈言用事，（钟氏《诗品》谓："文符应资博古，驳奏宜穷往烈，至于吟咏情性，亦何贵乎用事？颜延之喜用古事，弥见拘束，于时化之。故大明、泰始中，文章殆同书抄。尔来作者，浸以成俗，遂句无虚韵，语无虚字，拘挛补纳，蠹文已甚。"）学者浸以成俗。齐、梁之际，任昉用事，尤多慕者，转为穿凿。（《南史·任昉传》云："既以文才见知，时人云，任笔沈诗。昉闻，甚以为病。晚节转好作诗，用事过多，属辞不得流便。自尔都下之士慕之，转为穿凿。"《诗品》亦云："任昉博物，动辄用事，是以诗不得奇。"）盖南朝之诗，始则工言景物，继则惟以数典为工。（观齐、梁人所存之诗，自离合诗、回文诗、建除诗以外，有四色诗、八音诗、数名诗、州郡名诗、药名诗、姓名诗、鸟兽名诗、树名诗、草名诗、宫殿名诗各体，又有大言、小言诸诗，此均惟工数典者也。）因是各体文章，亦以用事为贵。（如王僧孺、姚察等传，并云"多用新事，人所未见"，是其证。）考之史传，《南史》称王俭尝使宾客隶事，（《南史·王谌传》："王俭尝集才学之士，总校虚实，类物隶之，谓之隶事，自此始也。俭尝使宾客隶事，多者赏之。摛后至，俭以所隶示之，操笔便成，文章既奥，辞亦华美，举坐击赏。"）梁武集文士策经史事。（《南史·刘峻传》云："武帝每集文士策经史事，范云、沈约之徒，皆引短推长。峻忽请纸笔，疏十余事，坐客皆惊。"）而类书一体，亦以梁代为盛，藩王宗室，以是相高，（《南史·刘峻传》："安成王秀使撰《类苑》，凡一百二十卷。武帝即命诸学士撰《华林遍略》以高之。"《杜子伟传》："补东宫学士，与刘陟等抄撰群书，各为题目。"《庾肩吾传》略同。《陆罩传》亦言："简文撰《法宝联璧》，与群士抄撮区分。"均其证也。）虽为博览之资，实亦作文之助，即《诗品》所谓"文章略同书抄"，《齐书》所谓"缉事比类，非对不发，博物可嘉，职成拘制"也。（《南史·萧子云传》谓："梁初，郊庙乐词，皆沈约撰。子云启宜改之，武帝敕曰：'郊庙歌词，应须典诰大语，不得杂用子史文章浅言。'"此当时文章舛杂之征。又《萧贲传》："湘东王为檄，贲读至'偃师南望，无复储胥露寒；河阳北临，或有穹庐毡帐'，乃曰：'圣制此句，非无过，似如体目朝廷，非关序赋。'王闻大怒。"此又文多溢词，不关实义之证也。举斯二事，足审其余。）故当时世主所崇，非惟据韵，兼重长篇。（如梁武诏群臣赋诗，或限据韵，或限五百字，均见《南史》各传。）诗什既然，文章亦尔。用是篇幅益恢，（梁代文章，以篇逾千字为恒。）偶词滋众，此必然之理也。

二曰：梁代宫体，别为新变也。宫体之名，虽始于梁，然侧艳之词，起源自昔。晋、宋乐府，如《桃叶歌》《碧玉歌》《白纻词》《白铜鞮歌》，均以淫艳哀音，被于江左。迄于萧齐，流风益盛。（《南史·袁廓之传》谓："时何偃亦称才子，为文惠太子作《杨叛儿歌》，辞甚侧丽。廓之谏曰：夫《杨叛》者，既非典雅，而声甚哀。"亦其证。）其以此体施于五言诗者，亦始晋、宋之间，后有鲍照，（明远乐府，固妙绝一时，其五言诗亦多淫艳，特丽而能壮，与梁代之诗稍别。《齐书·文学传论》谓："次则发唱惊挺，操调险急，雕藻淫艳，倾炫心魂，斯鲍照之遗烈。"其确证也。）前则惠休。（绮丽之诗，自惠休始。《南史·颜延之传》云："延之每薄汤惠休诗，谓人曰：'惠休制作，委巷中歌谣耳，方当误后生。'"即据侧丽之诗言之。）特至于梁代，其体尤昌。《南史·简文记》谓："帝辞藻艳发，然伤于轻靡，时号宫体。"（《南史·帝纪论》曰："宫体所传，且变朝野。"魏徵《梁论》亦曰："太宗神采秀发，华而不实，体穷淫靡，义罕疏通，哀思之音，遂移风俗。"）《徐摛传》亦谓："属文好为新变，文体既别，春坊尽学之，宫体之号，自斯而始。"盖当此之时，文士所作虽多艳词，（如徐摛特有轻艳之才，新声巧变，人多讽习是。）然尤以艳丽著者，实惟摛及庾肩吾，嗣则庾信、徐陵承其遗绪，而文体特为南北所崇。（《周书·庾信传》谓："庾肩吾、徐摛、摛子陵及信，并为梁太子抄撰学士。既有盛才，文并绮丽，世号徐庾体。当时后进，竞相模范，每有一文，京都莫不传诵。"《隋书·文学传序》曰："自大同以后，徐陵、庾信分路扬镳，而其意浅而繁，其文匿而采。"又唐杜确《岑嘉州集序》曰："梁简文帝及庾肩吾之属，始为轻浮绮靡之辞，名曰宫体。自后沿袭，务为妖体。"均其证。）此则大同以后文体之一变也。（梁代妖艳之词，多施于词赋。至陈，则志铭书札，亦多哀思之音，绮靡之词。）又据《陈书》《南史》"后主纪"及"张贵妃"各传，谓帝荒酒色，奏伎作诗，以宫人有文学者为女学士，与狎客共赋新诗，采其尤艳丽者以为曲调，被以新声，其曲有《玉树后庭花》《临春乐》等。《江总传》谓其尤工五七言诗，溺于浮靡，日与后主游宴后庭，多为艳诗，好事者相传讽玩，于今不绝。又《孔范传》云："文章赡丽，尤善五言诗，与江总等并为狎客。"《刘暄传》云："后主即位，与义阳王叔达、孔范、袁权、王瑳、陈褒、沈瓘、王仪等陪侍游宴，暄以俳优自居，文章谐谬，语言不节。"是陈季艳丽之词，尤较梁代为盛，即魏徵《陈论》所谓"偏尚淫丽之文"也。故初唐诗什，竞沿其体，历百年而不衰。

三曰：士崇讲论，而语悉成章也。自晋代人士均擅清言，用是言语、文章虽分二途，而出口成章，悉饶词藻。（见前课。）晋、宋之际，宗炳之伦，承其流风，兼以施于讲学。宋则谢灵运、瞻之属，并以才辩辞义相高，王惠精言清理。（并见《宋书·王惠传》。）齐承宋绪，华辩益昌。《齐书》称张绪言精理奥，见宗一时，吐纳风流，听者皆忘饥疲（《绪传》）；又称周颙音辞辩丽，辞韵如流，太学诸生慕其风，争事华辨（《颙传》）；又谓张融言辞辩捷，周颙弥为清绮，刘绘音采不赡，丽雅有风则（《绘传》）。迄于梁代，世主尤崇讲学，国学诸生，惟以辩论儒玄为务，或发题申难，往复循环，具详《南史》各传。（梁代讲论之风，被于朝野，具详咸衮、周弘正、张讥、顾越、马枢、岑之敬各传。）用是讲论之词，自成条贯，及笔之于书，则为讲疏、口义、笔对，大抵辨析名理，既极精微，而属词有序，质而有文，为魏、晋以来所未有。当时人士，既习其风，故析理之文，议礼之作，迄于陈季，多有可观，则亦士崇讲论之效也。

四曰：谐隐之文，斯时益甚也。谐隐之文，亦起源古昔。宋代袁淑，所作益繁。惟宋、齐以降，作者益为轻薄，其风盖昌于刘宋之初。（《南史·谢灵运传》："何长瑜寄书宗人何勖，以韵语序陆展染发，轻薄少年遂演之。凡人士并有题目，皆加剧言苦句，其文流行。"是其证。）嗣则卞铄、丘巨源、卞彬之徒，所作诗文，并多讥刺。（《南史·文学传》："卞铄为词赋，多讥刺世人。丘巨源作《秋胡诗》，有讥刺语。卞彬拟《枯鱼赋》喻意，又著《蚤》《虱》《蜗》《虫》等赋，大有指斥。永明中，诸葛勖为国子生，作《云中赋》，指祭酒以下，皆有形似之目。"）梁则世风益薄，士多嘲讽之文，（《梁书·临川王弘传》："豫章王综，以弘贪客，作《钱愚论》，其文甚切。"又《南史·江德藻传》："弟从简，作《采荷调》刺何敬容，为当时所赏。"又《何敬容传》："萧琛子巡，颇有轻薄才，制《卦名离合诗》嘲敬容。"）而文体亦因之愈卑矣。（孔稚珪《北山移文》、裴子野《雕虫论》亦属此派。）

要而论之，南朝之文，当晋、宋之际，盖多隐秀之词，嗣则渐趋缛丽。齐、梁以降，虽多侈艳之作，然文词雅懿，文体清峻者，正自弗乏。斯时诗什，盖又由数典而趋琢句，然清丽秀逸，亦自可观。又当此之时，张融之文，务为诡激；裴子野之文，制多法古。盖张氏既以新奇为贵，裴氏欲挽靡丽之风，然朝野文人，鲜效其体。观简文《与湘东书》，以为裴氏之文不宜效法，此可验当时之风尚矣。至当时文格所以上变晋、宋而下启隋、唐者，厥有二因：一曰声律说之发明，二曰文笔之区别。今粗引史籍所言，诠次如下。

（甲）声律说之发明

《南史·陆厥传》曰：永明末，盛为文章。吴兴沈约、陈郡谢朓、琅琊王融以气类相推毂。汝南周颙善识声韵，为文皆用宫商。以平上去入为四声，以此制韵，有平头、上尾、蜂腰、鹤膝。五字之中，音韵悉异，两句之内，角徵不同，不可增减，世呼为"永明体"。

《周颙传》云：颙始著《四声切韵》行于时。

《陆厥传》又曰：时有王斌者，不知何许人，著《四声论》行于时。

《沈约传》曰：约撰《四声谱》，以为在昔词人，累千载而不悟，而独得胸襟，穷其妙旨，自谓入神之作，武帝雅不好焉。尝问周舍曰："何谓四声？"舍曰："'天子圣哲'是也。"然帝竟不遵用。（又《南史·陆厥传》："约论四声，颇有铨辨，而诸赋亦往往与声韵乖。"）

案：音韵之学，不自齐、梁始。封演《闻见记》谓："魏时有李登者，撰《声类》十卷，以五声命字。"《魏书·江式传》亦谓："晋吕静仿品登之法作《韵集》五卷，宫、商、角、徵、羽各为一篇。"是宫羽之辨，严于魏、晋之间，特文拘声韵，始于永明耳。考其原因，盖江左人士，喜言双声，（如《宋书·谢庄传》载答王玄谟：玄、护为双声，礉、碻为叠韵，以为捷速如此。又《王玄保传》："好为双声。"并其证。）衣冠之族，多解音律。（如《南史》："萧惠基解音律，尤好魏三祖曲及相和歌。"《颜师伯传》："颇解声乐。"又《齐书·齐临川王映传》及《南史》褚沄、谢𪩘、王冲各传，或云善声律，或云晓音乐，或云解音律、声律。是其证。）故永明之际，周、沈之伦，文章皆用宫商，又以此秘为古人所未睹也。

《庾肩吾传》曰：齐永明中，王融、谢脁、沈约文章，始用四声，以为新变。至是转拘声韵，弥为丽靡。

又案：唐封演《闻见记》亦云："周颙好为韵语，因此切字皆有平上去入之异。永明中，沈约文辞精拔，盛解音律，遂撰《四声谱》。时王融、刘绘、范云之徒，慕而扇之。由是远近文学，转相祖述，而声韵之道大行。"

沈约《宋书·谢灵运传论》：夫五色相宣，八音协畅，由乎玄黄律吕，各适物宜。欲使宫羽相变，低昂舛节，若前有浮声，则后须切响。一简之内，音韵尽殊；两句之中，轻重悉异。妙达此旨，始可言文。至于先士茂制，讽高历赏，子建"函京"之作，仲宣"灞岸"之篇，子荆"零雨"之章，正长"朔风"之句，并直举胸情，非傍诗史，正以音律调韵，取高前式。自灵均以来，多历年代，虽文体稍精，而此秘未睹。至于高言妙句，音韵天成，皆暗与理合，匪由思至。张、蔡、曹、王，曾无先觉；潘、陆、颜、谢，去之弥远。世之知音者，有以得之，此言非谬。如曰不然，请待来哲。

陆厥《与沈约书》曰：范詹事自序："性别宫商，识清浊，特能适轻重，济艰难。古今文人，多不全了斯处，纵有会此者，不必从根本中来。"沈尚书亦云："自灵均以来，此秘未睹。或暗与理合，匪由思至。张、蔡、曹、王，曾无先觉；潘、陆、颜、谢，去之弥远。"大旨"欲使宫羽相变，低昂舛节，若前有浮声，则后须切响。一简之内，音韵尽殊；两句之中，轻重悉异"。辞既美矣，理又善焉。但观历代众贤，似不都暗此处，而云"此秘未睹"，近于诬乎？案：范云"不从根本中来"，尚书云"匪由思至"，斯可谓揣情谬于玄黄，摘句差其音律也。范又云"时有会此者"，尚书云"或暗与理合"。则美咏清讴，有辞章调韵者，虽有差谬，亦有会合。推此以往，可得而言。夫思有合离，前哲同所不免；文有开塞，即事不得无之。子建所以好人讥弹，士衡所以遗恨终篇。既曰"遗恨"，非尽美之作，理可诋诃。君子执其诋诃，便谓合理为暗，岂如指其合理而寄诋诃为遗恨邪？自魏文属论，深以清浊为言；刘桢奏书，大明体势之致。岨峿妥帖之谈，操末续颠之说，兴玄黄于律吕，比五色之相宣，苟此秘未睹，兹论为何所指邪？故愚谓前英已早识宫徵，但未屈曲指的，若今论所申。至于掩瑕藏疾，合少谬多，则临淄所云"人之著述，不能无病"者也。非知之而不改，谓不改则不知，斯曹、陆又称"竭情多悔""不可力强"者也。今许以有病有悔为言，则必自知无悔无病之地，引其不了不合为暗，何独诬其一合一了之明乎？意者亦质文时异，古今好殊，将急在情物，而缓于章句。情物，文之所急，美恶犹且相半；章句，意之所缓，故合少而谬多。义兼于斯，必非不知，明矣。《长门》《上林》，殆非一家之赋；《洛神》《池雁》，便成二体之作。孟坚精正，《咏史》无亏于"东主"；平子恢富，《羽猎》不累于"凭虚"。王粲《初征》，他文未能称是；杨修敏捷，《暑赋》弥日不献。率意寡尤，则事促乎一日；翳翳愈伏，而理赊于七步。一人之思，迟速天悬；一家之文，工拙壤隔。何独宫商律吕，必责其如一邪？论者乃可言"未穷其致"，不得言"曾无先觉"也。（《齐书·厥传》）

沈约《答陆厥书》：宫商之声有五，文字之别累万。以累万之繁，配五声之约，高下低昂，非思力所举，又非止若斯而已也。十字之文，颠倒相配，字不过十，巧历已不能尽，何况复过于此者乎？灵均以来，未经用之于怀抱，固无从得其仿佛矣。若斯之妙，而圣人不尚，何邪？此盖曲折声韵之巧，无当于训义，非圣哲立言之所急也。是以子云譬之"雕虫篆刻"，云"壮夫不为"。自古辞人，岂不知宫羽之殊，商徵之别？虽知五音之异，而其中参差变动，所昧实多。故鲍意所谓"此秘未睹"者也。以此而推，则知前世文士便未悟此处。若以文章之音韵，同弦管之声曲，则美恶妍蚩，不得顿相乖反。譬犹子野操曲，安得忽有阐缓失调之声？以《洛神》比陈思他赋，有似异手之作。故知天机启则律吕自调，六情滞则音律顿舛也。士衡虽云"炳若缛锦"，宁有濯色江波，其中复有一片是卫文之服？此则陆生之言，即复不尽者矣。韵与不韵，复有精粗，轮扁不能言，老夫亦不尽辨此。（同上）

《文心雕龙·声律篇》：夫音律所始，本于人声者也。声含宫商，肇自血气，先王因之，以制乐歌。故知器写人声，声非学器者也。故言语者，文章神明，枢机吐纳，律吕唇吻而已。古之教歌，先揆以法，使疾呼中宫，徐呼中徵。夫商徵响高，宫羽声下；抗喉矫舌之差，攒唇激齿之异，廉肉相准，皎然可分。今操琴不调，必知改张，摛文乖张，而不识所调。响在彼弦，乃得克谐，声萌我心，更失和律，其故何哉？良由内听难为聪也。故外听之易，弦以手定；内听之难，声与心纷，可以数求，难以辞逐。凡声有飞沉，响有双叠。双声隔字而每舛，叠韵杂句而必睽；沉则响发而断，飞则声飏不还。并辘轳相往，逆鳞相比。迕其际会，则往蹇来连，其为疾病，亦文家之吃也。夫吃文为患，生于好诡，逐新趣异，故喉唇纠纷，将欲解结，务在刚断。左碍而寻右，末滞而讨前，则声转于吻，玲玲如振玉；辞靡于耳，累累如贯珠矣。是以声画妍蚩，寄在吟咏，滋味，流于字句，气力穷于和韵。异音相从谓之和，同声相应谓之韵。韵气一定，故余声易遣；和体抑扬，故遗响难契。属笔易巧，选和至难，缀文难精，而作韵甚易。虽纤毫曲变，非可缕言，然振其大纲，不出兹论。若夫宫商大和，譬诸吹籥；翻回取均，颇似调瑟。瑟资移柱，故有时而乖贰；籥含定管，故无往而不壹。陈思、潘岳，吹籥之调也；陆机、左思，瑟柱之和也。概举而推，可以类见。又诗人综韵，率多清切，《楚辞》辞楚，故讹韵实繁。及张华论韵，谓士衡多楚，《文赋》亦称知楚不易，可谓衔灵均之声余，失黄钟之正响也。凡切韵之动，势若转圜；讹音之作，甚于枘方。免乎枘方，则无大过矣。练才洞鉴，剖字钻响，识疏阔略，随音所遇，若长风之过籁，南郭之吹竽耳。古之佩玉，左宫右徵，以节其步，声不失序。音以律文，其可忘哉！

又案：《雕龙》本篇赞云："标情务远，比音则近。吹律胸臆，调钟唇吻。声得盐梅，响滑榆槿。割弃支离，宫商难隐。"

钟嵘《诗品》下：昔曹、刘殆文章之圣，陆、谢为体贰之才，锐精研思，千百年中而不闻宫商之辨、四声之论。或谓前达偶然不见，岂其然乎？尝试言之曰：古诗颂皆被之金竹，故非调五音，无以谐会。若"置酒高堂上""明月照高楼"，为韵之首。故三祖之词，文或不工，而韵入歌唱，此重声韵之义也，与世之言宫商者异

矣。今既不被管弦，亦何取于声韵耶？齐有王元长者，尝
谓余云："宫商与二仪俱生，自古词人不知之，唯颜宪子
乃云律吕音调，而其实大谬，唯见范晔、谢庄颇识之耳，
常欲进《知音论》未就。"王元长创其首，谢朓、沈约扬
其波。三贤或贵公子孙，幼有文辩，于是士流景慕，务为
精密，襞积细微，转相凌架，故使文多拘忌，伤其真美。
余谓：文制本须讽读，不可塞碍，但令清浊通流，口吻调
利，斯为足矣。至于平上去入，则余病未能，蜂腰鹤膝，
闾里已具。

案：四声之说，盛于永明。其影响及于文学者，《南史》以为
转拘声韵，而近人顾炎武《音论》又谓："江左之文，自梁天监以
前，多以去入二声同用，以后则绝不相通。"其说至确。然沈、周
之说，所谓判低昂，审清浊者，非惟平侧之别已耳，于声韵之辨，
盖亦至精。彦和谓"响有双叠"，"双声隔字而每舛，叠韵杂句而
必暌"，即沈氏所谓"一简之内，音韵尽殊"，（故彦和又云："异
音相从谓之和，同声相应谓之韵。"）谓一句之内，不得两用同纽之字
及同韵之字也。彦和谓"声有飞沉，沉则响发而断，飞则声飏不
还"，即沈氏所谓"前有浮声，后须切响"，"两句之中，轻重悉
异"，谓一句之内，不得纯用浊声之字，或清声之字也。至当时五
言诗律，舍《南史》所举平头、上尾、蜂腰、鹤膝外，别有大韵、
小韵、旁纽、正纽四端，是为八病。（平头，谓第二字不与第七字同
声；上尾，谓第五字不与第十字同声；蜂腰，谓第二字不与第五字同声；鹤
膝，谓第五字不与第十五字同声；大韵，谓五言诗两句除韵而外，余九字不与

韵犯；小韵，谓五言诗两句不得互用同韵之字；旁纽，谓五言诗两句不得两用同纽之字；正纽，谓一组四声不得两句杂用。）此即永明声律之大略也。《南史》以为"弥为丽靡"，《诗品》以为"转伤真美"，斯固切当之论。然四声八病，虽近纤微，当时之人，亦未必悉相遵守。惟音律由疏而密，实本自然，非由强制。试即南朝之文审之，四六之体，粗备于范晔、谢庄，成于王融、谢朓，而王、谢亦复渐开律体。影响所及，迄于隋、唐，文则悉成四六，诗则别为近体，不可谓非声律论开其先也。又四六之体既成，则属对日工，篇幅益趋于恢广，此亦必然之理。试以齐、梁之文上较晋、宋，陈、隋之文上较齐、梁，其异同之迹，固可比较而知也。

（乙）文笔之区别

《南史·范晔传》：晔《与诸甥侄书》曰：常谓情志所托，故当以意为主，以文传意。以意为主，则其旨必见；以文传意，则其词不流。然后抽其芬芳，振其金石耳。观古今文人，多不全了此处。年少中谢庄最有其分，手笔差易，于文不拘韵故也。吾思乃无定方，但多公家之言，少于事外远致，以此为恨，亦由无意于文名故也。

《南史·颜延之传》：帝尝问以诸子才能，延之曰："竣得臣笔，测得臣文，㚟得臣义。"（又曰："长子竣为孝武造书檄。元凶劭召延之，示以檄文，问曰：'此笔谁造？'延之曰：'竣之笔也。'又问：'何以知之？'曰：'竣笔体，臣不容不识。'"）

梁元帝《金楼子·立言篇》云：今之门徒，转相师受，通圣人之经者谓之儒。屈原、宋玉、枚乘、长卿之徒，止于辞赋，则谓之文。今之儒，博穷子史，但能识其事，不能通其理者，谓之学。至如不便为诗如阎纂，善为章奏如伯松，若此之流，泛谓之笔；吟咏风谣，流连哀思者谓之文。

又云：笔退则非谓成篇，进则不云取义，神其巧惠，（案：惠、慧古通。）笔端而已。至如文者，惟须绮縠纷披，宫徵靡曼，唇吻遒会，情灵摇荡。而古之文笔，今之文笔，其源又异。

《文心雕龙·序志篇》：若乃论文取笔，则囿别区分。（案：《雕龙》他篇区别文笔者，如《时序篇》云："庾以笔才逾亲，温以文思益厚。"《才略篇》云："孔融气盛于为笔，祢衡思锐于为文。"并文笔分言之证。又《风骨篇》云："若风骨乏采，则鸷集翰林；采乏风骨，则雉窜文囿。惟藻耀之高翔，固文笔之鸣凤也。"《章句篇》云："是以搜句忌于颠倒，裁章贵于顺序，斯固情趣之指归，文笔之同致也。"亦文笔并词之证。）

《文心雕龙·总术篇》：今之常言，有文有笔，以为无韵者笔也，有韵者文也。夫文以足言，理兼诗书，别目两名，自近代耳。颜延年以为：笔之为体，言之文也。经典则言而非笔，传记则笔而非言。请夺彼矛，还攻其盾矣。何者？《易》之《文言》，岂非言文？若笔不言文，不得云经典非笔矣。将以立论，未见其论立也。予以为发

口为言，属笔曰翰，常道曰经，述经曰传。经传之体，
出言入笔，笔为言使，可强可弱。分经以典奥为不刊，非
以言笔为优劣也。（又本篇赞曰："文场笔苑，有术有
门。"亦分言文笔。）

案：自《晋书》张翰、曹毗、成公绥各传，均以文笔并词，
或云诗赋杂笔。自是以降，如《宋书·沈怀文传》："弟怀远，颇
闲文笔。"《齐书·晋安王子懋传》："世祖敕子懋曰：'文章诗
笔，乃是佳事。'"又《竟陵王传》："所著内外文笔数十卷，虽
无文采，多是劝戒。"《梁书·鲍泉传》："兼有文笔。"《陈
书·陆琰传》："所制文笔多不存。"《陈书·姚察传》："每
制文笔，后主敕便索本。后主所制文笔甚多，别写一本付察。"
《虞寄传》："所制文笔，遭乱多散失。"《刘师知传》："工文
笔。"《江德藻传》："著文笔十五卷。"《许亨传》："所制文
笔六卷。"均文笔分言之证。其有诗笔分言者，如《南史·刘孝绰
传》："弟孝仪、孝威，工属文诗。孝绰尝云：'三笔六诗。'三
即孝仪，六谓孝威。"《沈约传》谓："谢玄晖善为诗，任彦昇工
于笔，约兼而有之，然不能过。"《任昉传》谓："时人云：'任
笔沈诗。'昉闻，甚以为病。"（又《庾肩吾传》："简文《与湘东王
书》云：'诗既若此，笔亦如之。'"又云："谢朓、沈约之诗，任昉、陆
倕之笔，斯文章之冠冕，述作之楷模。"）并其证也。亦或析言词笔，
如《陈书·岑之敬传》"雅有辞笔"是也。（《谢朓传》亦云："孔
颙粗有才笔。"）至文笔区别，盖汉、魏以来，均以有藻韵者为文，
无藻韵者为笔。东晋以还，说乃稍别：据梁元《金楼子》，惟以吟

咏风谣，流连哀思者为文；据范晔《与甥侄书》及《雕龙》所引时论，则又有韵为文，无韵为笔。今以宋、齐、梁、陈各史传证之：据《宋书·傅亮传》谓："武帝登庸之始，文笔皆是参军滕演。北征广固，悉委长史王诞。自此之后，至于受命，表册文诰，皆亮词也。"又据《齐书·孔珪传》云："为齐高帝骠骑记室，与江淹对掌辞笔。"又据《齐书·谢朓传》谓："明帝辅政，掌霸府文笔，又掌中书诏诰。"《梁书·任昉传》谓："武帝克建邺，以为骠骑记室，专主文翰。每制书草，沈约辄求同署。尝被急召，昉出而约在，是后文笔，约参制焉。"（又《任昉传》："昉尤长载笔，当时王公表奏，莫不请焉。梁台建，禅让文诰，多昉所具。"）《南史·萧子范传》谓："南平王府中，文笔皆令具草。"《陈书·姚察传》亦云："又敕专知优册谥议等文笔。"其文笔、辞笔并言，并与沈怀文各传相合。自是以外，或云手笔，（史传所载，有仅言手笔者，如《齐书·邱灵鞠传》："敕知东宫手笔。"《王俭传》："手笔典裁，为当时所重。"《陈书·姚察传》："后主称姚察手笔，典裁精当。"是也。有云大手笔者，《南史·陆琼传》谓："陈文帝讨周迪等，都官符及诸大手笔，并中敕付琼。"《徐陵传》："国家有大手笔，必令陵草之。"是也。）或云笔翰。（《南史·任孝恭传》："专掌公家笔翰。"《丘巨源传》："有笔翰。太祖使于中书省撰符檄。巨源与袁粲书谓：'朝廷洪笔，何故假手凡贱？又有羽檄之难，必须笔杰。'"等说，是其证。）合以颜延之各传，知当时所谓笔者，非徒全任质素，亦非偶语为文，单语为笔也。盖当时世俗之文，有质直序事，悉无浮藻者，如今本《文选》任昉《弹刘整文》所引刘寅妻范氏诣台诉词是也；亦有以语为文，无复偶词者，如齐世祖《敕晋安王子懋》诸文是也。（如刘璡《与张融王思远书》，亦质直不华。齐、梁之文类此者，正复弗乏。）然史传诸云"文笔""词笔"，以及所云"长于载笔""工于为笔"者，笔之为体，统该符、檄、笺、奏、表、启、书、札诸作言，其弹事议对之属，亦属于史笔，册亦然。凡文之偶而弗韵者，皆晋、宋以来所谓笔类也。故当时人士于尺牍、书记之属，词有专工，（今以史传考之，所云尺牍，如《宋书·刘穆之传》："与朱龄石并便尺牍。"《臧质传》："尺牍便敏。"《梁书·徐勉传》："既闲尺牍。"《邵陵王纶传》："尤工尺牍。"《陈书·蔡景历传》："善尺牍。"是也。所云书记，如《陈书·陈详传》："善书记。"《庾持传》："尤善书记，以才艺闻。"是也。自是以外，或云书疏，如《陈书·陆山才传》："周文育出镇南豫州，不知书疏，乃以山才为长史。"是也。或云书翰，如《齐书·王晏传》："齐高帝时，军旅书翰皆见委。"《陈书·孙玚传》："尤便书翰。"是也。）而刀笔（刀笔之名见于史传者，如《南史·虞玩之传》："少闲刀笔。"《王球传》谓："彭城王义康，专以政事为本，刀笔干练者多被意遇。"《吴喜传》："齐明帝以喜刀笔吏，不当为将。"是也。斯时所云刀笔，盖官府文书成于吏手者）、笔札（笔札之名见于史传者，如《南史·宗夬传》："齐郁林为南郡王，使管书记，以笔札贞正见许。"又《沈庆之传》云："庆之谓颜竣曰：'君但当知笔札之事。'"皆其证也）、笔记（如《齐书·丘巨源传》："巨源与袁粲书：'笔记贱伎，非杀活所待。'"是也。又《文心雕龙·才略篇》云："路粹、杨修，颇怀笔记之工。"又云："温太真之笔记，循理而清通。"亦笔记之名见于齐、梁著作者）、笔奏（《雕龙·才略篇》："长虞笔奏，世执刚中。"）之名，或详于史册，或杂见群书。又王僧孺、徐勉、孔奂诸人，其弹事之文，各与集别，（《南史·王僧孺传》："文集三十卷，两台弹事不入集，别为五卷。"又《徐勉传》

云："左丞弹事五卷，所著前后二集五十卷，又为人章表集十卷。"《孔奂传》云："有集十五卷，弹文集。"此均弹文别于文集之证。又《南史·孔休源传》云："凡奏议弹文，勒成十五卷。"亦其证也。又案：《南史·刘瑀传》云："刘瑀为御史中丞，弹萧惠开、王僧达，朝士莫不畏其笔端。"此亦弹事之体，南朝称笔之证也。）均足为文、笔区分之证。更即《雕龙》篇次言之，由第六迄于第十五，以《明诗》《乐府》《诠赋》《颂赞》《祝盟》《铭箴》《诔碑》《哀吊》《杂文》《谐隐》诸篇相次，是均有韵之文也；由第十六迄于第二十五，以《史传》、《诸子》、《论说》、《诏策》、《檄移》、《封禅》（篇中所举扬雄《剧秦美新》，为无韵之文。相如《封禅文》惟颂有韵。班氏《典引》，亦不尽叶韵。又东汉《封禅仪记》，则记事之体也）、《章表》、《奏启》、《议对》、《书记》诸篇相次，是均无韵之笔也。此非《雕龙》隐区文笔二体之验乎？（《雕龙·章表篇》，以左雄奏议，胡广章奏，并当时之笔杰。又《才略篇》云："庾元规之表奏，靡密而闲畅，温太真之笔记，循理而清通，亦笔端之良工也。"又《史传篇》云："秉笔荷担，莫此之劳。"《论说篇》云："不专缓颊，亦在刀笔。"《书记篇》云："然才冠鸿笔，多疏尺牍。"《事类篇》云："事美而制于刀笔。"据上诸证，是古今无韵之文，彦和并目为笔。）盖晋、宋以降，惟以有韵为文，较之士衡《文赋》，并列表及论说者又复不同。故当时无韵之文，亦矜尚藻采，迄于唐代不衰。

或者曰：彦和既区文笔为二体，何所著之书，总以《文心》为名？不知当时世论，虽区分文笔，然笔不该文，文可该笔，故对言则笔与文别，散言则笔亦称文。据《陈书·虞寄传》载衡阳王出阁，文帝敕寄兼掌书记，谓"屈卿游藩，非止以文翰相烦，乃令以师表相事。"又《梁书·裴子野传》谓子野为喻魏文，武帝称曰："其文甚壮。"是奏记檄移之属，当时亦得称文。故史书所记，于无韵之作，亦或统称"文章"。观于王俭《七志》，于集部总称"文翰"。阮孝绪《七录》，则称"文集"。而昭明《文选》其所选录，不限有韵之词。此均文可该笔之证也。

又案：昭明《文选》，惟以沉思翰藻为宗，故赞论序述之属，亦兼采辑。然所收之文，虽不以有韵为限，实以有藻采者为范围，盖以无藻韵者不得称文也。

梁昭明太子《文选序》：自姬、汉以来，眇焉悠邈，时更七代，数逾千祀。词人才子，则名溢于缥囊；飞文染翰，则卷盈乎缃帙。自非略其芜秽，集其清英，盖欲兼功，太半难矣。若夫姬公之籍，孔父之书，与日月俱悬，鬼神争奥，孝敬之准式，人伦之师友，岂可重以芟夷，加之剪截？老、庄之作，管、孟之流，盖以立意为宗，不以能文为本，今之所撰，又以略诸。若贤人之美辞，忠臣之抗直，谋夫之话，辨士之端，冰释泉涌，金相玉振。所谓坐狙丘，议稷下，仲连之却秦军，食其之下齐国，留侯之发八难，曲逆之吐六奇，盖乃事美一时，语流千载，概见坟籍，旁出子史。若斯之流，又亦繁博，虽传之简牍，而事异篇章，今之所集，亦所不取。至于记事之史，系年之书，所以褒贬是非，纪别异同，方之篇翰，亦已不同。若其赞论之综缉辞采，序述之错比文华，事出于沉思，义归乎翰藻，故与夫篇什，杂而集之。远自周室，迄于圣代，都为三十卷，名曰《文选》云耳。

案：昭明此序，别篇章于经、史、子书而外，所以明文学别为一部，乃后世选文家之准的也。

要而论之，一代之文，必有宗尚。故历代文人所作，各有专长。试即宋、齐、梁、陈四代言之：自晋末裴松之奏禁立碑，（《宋书·松之传》云："义熙初，松之以世立私碑，有乖事实，上表陈之：以为诸欲立碑者，宜悉令言上，为朝议所许，然后听之，庶可以防遏无征，显章茂实。由是普断。"）而志铭之文代之而起，（《文选注》及封演《闻见记》引齐王俭议谓："墓志起于宋元嘉中，颜延之为王球石志，素族无铭策，故以纪行。"又谓："储妃既有哀策，不烦石志。"然宋、齐以降，臣僚并有墓志，或由太子诸王撰立。据《南史·裴子野传》谓："湘东王为之墓志铭，陈于藏内。邵陵王又立墓志，埋于羡道。羡道列志自此始。"是当时志铭不止一石也。）然敕立、奏立之碑，时仍弗乏，（当时奏立之碑有二：一为墓碑，如梁刘贤等陈徐勉行状请刊石纪德，降诏立碑于墓是也；一为碑颂、碑记，如寿阳百姓为刘勔立碑记，南豫州人请为夏侯亶立碑是也。）寺塔碑铭作者尤众。又晋、宋而降，颇事虚文，让表谢笺，必资名笔，朝野文人，尤精树论。驳诘之词既盛，辩答之说益繁，（如《夷夏论》《神灭论》及张融《问律》诸文，驳者既众，答者益繁，故篇章充积。）故数体之文，亦以南朝为盛。自斯而外，若箴、铭、颂、赞、哀、诔、骚、七、设论、连珠各体，虽稍有通变，然鲜有出辙。其有文体舛讹，异于前作者，亦肇始齐、梁之世。如行状易为偶文，（如《文选》所载任昉《齐竟陵王行状》是。）祭文不为韵语，（齐、梁以前，祭文均为韵语，此正体也。若王僧孺《祭禹庙文》、任孝恭《祭杂坟文》，均偶而弗韵，北朝则魏孝文《祭恒岳文》、薛道衡《祭江文》《祭淮文》并承其体，非祭文之正式也。）嗣则志铭之作，无异诔文，（铭以述德，诔以表哀，体本稍别。陈代志铭，词多哀艳，如后主等所撰是也。）赋体益恢，杂以四六，此则文体之变也。

附　搜集文章志材料方法
（自秦汉迄隋）

文学史者，所以考历代文学之变迁也。古代之书，莫备于晋之挚虞。虞之所作，一曰《文章志》，一曰《文章流别》。志者，以人为纲者也；流别者，以文体为纲者也。今挚氏之书久亡，而文学史又无完善课本，似宜仿挚氏之例，编纂《文章志》《文章流别》二书，以为全国文学史课本，兼为通史文学传之资。惟斯事体大，必以搜集材料为主，今将搜集文章志材料方法略述于下：

一　就现存之书分别采择也。正史文苑传，固为搜集材料之大宗，然正史或无文苑传，或文士别立专传，（如《后汉书》班固、张衡、崔骃、马融、蔡邕不列文苑是。）则全史之文，均应按卷披阅，其涉及文学者，单句只词，均宜摘采。正史以外，如袁宏《汉纪》、常璩《华阳国志》（宜搜川刻足本）、崔鸿《十六国春秋》（虽系明人辑刻，然均本古籍所引，与伪书不同），以及《世说新语》（刘注亦宜并采）、《水经注》之属，均宜博采。（《汉书注》《后汉书注》《三国志注》亦然。）其散见子书者，如《法言》、《论衡》（《潜夫论》《风俗通义》二书，亦间有可采）、《抱朴子内外篇》、《颜氏家训》、《金楼子》（鲍刻本）诸书，亦宜采择。（《刘氏新论》之属，亦间有可采。）汇而集之，或每书各为长篇，或一人分任数部，不出数月，宛然成册矣。

一　就既亡各书钩沉摭逸也。逸书之中，其首应搜辑者，为晋人、宋人、齐、梁人所撰各文章志。考《隋书·经籍志》有挚虞《文章志》四卷（《唐志》卷同），《后汉书》李注、《三国志》裴注、《世说新语》刘注，均引其文。（其书体例虽不可考，据《三国志·陈思王传》注所引，有“刘修著诗赋颂六篇”各语，《后汉书·桓彬传》注所引有“桓麟文见在者十八篇，碑九首，诔七首，说一首”各语，似虞书体例，人各为传，详载所著文若干篇，及现存文若干篇。）又有傅亮《续文章志》二卷（《唐志》卷同），宋明帝《晋江左文章志》三卷（《唐志》作二卷），沈约《宋世文章志》二卷（《唐志》卷同，《梁书》约传作三十卷），舍沈书而外，《世说新语》刘注、《文选》李注以及《北堂书钞》各书，并多甄引。《隋志》又有《文章志》，不著撰名，《世说》刘注，亦多采录。自是以外，《隋志》所载有荀勗《杂撰文章家集叙》十卷（《唐志》杂作新，十卷作五卷），张隐《文士传》五十卷（《唐志》作《文林传》），荀书今鲜可征，张书则至宋犹存，（《玉海》引《中兴书目》：“《文志传》五卷，载六国文人，起楚芈原，终魏阮瑀。”又引《崇文书目》：“《文士传》十卷，终谢灵运。”盖北宋仍存晋、宋五卷，南宋则仅存汉、魏以上也。《新唐书》张隐作张骘，系一人。）《后汉书注》《文选注》以及《太平御览》，并多引录。别有顾恺之《晋文章纪》，邱渊之

《文章录》，虽书名不见《隋志》，然《世说注》各书所引，并有明文。（邱书刘注所引，或作《文章叙》，或作《新集叙》，或作《文章叙录》，均系一书。）此均古代文学史之专书也。今宜检阅各书，剌取所引逸文，以备编辑。然逸书之应采择者，不仅此类，凡汉、魏、六朝逸史，以及既佚子书，均宜博采。（如魏文帝《典论》、魏桓范《世要论》，其论文章，并有专篇。）其已有辑本者，如汪文台所辑诸家《后汉书》，严可均《全两汉三国六朝文》所辑各子书，（如《典论》之属，严氏皆逐条纂辑，又挚虞《文章流别》、李充《翰林论》之属，关系文学史甚巨，其单篇只句，亦均采入《全晋文》中。）黄奭《汉学堂丛书》所辑《子史钩沉》，（所辑诸书，《晋书》最为完备。）似宜首先检阅，（《太平御览》文部，可采尤多。）以省日力。惟单文只句，偶与文学史相关，必应另册摘录耳。

一　古代论诗评文各书必宜详录也。刘氏《文心雕龙》集论文之大成，钟氏《诗品》集论诗之大成，此二书所论，凡涉及历代文章得失及个人诗文得失者，均宜分类摘录。自是以外，刘氏《史通》所论，虽以史书为主，其涉及文章者，亦宜略采。又唐人评论古代文学，虽精密不逮六朝，然可采之词，亦自不乏，似宜检阅《全唐文》一过，凡各文之中，有涉及评论前人文学者，另编抄录，以备择采。（唐人杂史及笔记各书，亦宜略事检阅。）

一　文集存佚及现存篇目必宜详考也。自《汉志》本刘氏《七略》列诗赋为四类，诸家所作，均以篇计，《后汉书》各传亦云凡著文若干篇，是两汉并无集名也。集名始于魏、晋。厥后齐王俭作《七志》有文翰志，（此书佚文，多为《文选》所引，于文学史多有关系，亦宜辑录。）梁阮孝绪作《七录》有文集录，（《隋志》称"梁有今亡"者，皆据此书。）今皆不传。其足考古代文集卷目者，实以《隋经籍志》为大宗。《隋志》以下，则《唐志》为大宗。嗣则宋《崇文书目》（嘉定钱氏有辑校本，广东所刻）、《南宋中兴书目》（见王氏《玉海》中）、晁氏《郡斋读书志》（以湖南刻本为完备）、陈氏《直斋书录解题》（武英殿本）、马氏《文献通考·经籍考》（《通志·艺文略》多抄摄史志及《崇文书目》而成，不足据）、明《文渊阁书目》（《读书斋丛书》本）、焦氏《国史经籍志》、清《四库全书提要》，均宜检阅。（明、清私家藏书目录，如范氏天一阁、毛氏汲古阁、黄氏千顷堂各书目，宜就校中所有者，分别检阅，次及其余。）凡汉、魏、六朝各专集，存于今者，卷数异同，均宜详录；其有今无专集者，宜就梅氏、严氏所辑各诗文，注明今存若干篇，以符挚氏《文章志》旧式，（古诗辑本，以梅氏《古诗纪》为大宗，文章辑本，以严氏《全秦汉三国六朝文》为大宗。梅氏所辑，略得十分之六，所阙甚多。近杨氏守敬精心补辑，其目录不下十厚册，均梅氏所未采，惜杨氏书无刻本，其稿本亦难借阅。至严氏所辑，实较梅氏为备，略得百分之九十五，其遗漏未采者，一为道光后续出之古书，为严氏所未见，如《玉烛宝典》之属是也；一为单词只句，见于古籍所引，而严氏偶漏者，如《文心雕龙·风骨篇》引刘桢文"孔氏卓卓，信含异气"四语，严辑桢文，偶未列入是也。又严氏之例，于前人所作，有目无文者，亦附列其目，然所漏甚多，如据魏文《典论》知王粲有《征思赋》、徐干有《玄猿》《漏卮》各赋，又据《文心雕龙》各篇，知崔骃有《赵□诔》、刘陶有《黄□诔》、孔融有《陈□碑》、徐干有《哀行女文》，严均未列其目是也。其他谬误，亦随在而有。如误以蔡邕《封事》第六事，误列张衡文是也。然其大体，则详博可据。今欲记古人诗文现存篇目，似宜注明梅氏辑诗若干首，严氏辑文若干篇，以见大略。）以补富顺陈氏《历代文章志》之未备，（今辑文章志，宜以陈书之例为主，以广其未备。所谓广其未备者，其例有三：一、每代之文宜有总序；二、唐文以下存目，亦宜兼引，不得仅据《隋志》；三、宜兼详现存篇目。三例而外，谨守陈书之式可也。）此则征实之学也。

汉魏六朝专家文研究

弁　言

——左庵文论之四——

罗常培

　　曩年肄业北大，从仪征刘申叔师（师培）研治文学，不贤识小，辄记录口义。以备遗忘。间有缺漏，则从同学天津董子如（威）兄抄补。两年之所得，计有：一、群经诸子，二、中古文学史，三、文心雕龙及文选，四、汉魏六朝专家文研究，四种。日积月累，遂亦裒然成帙。惟二十年以来，奔走四方，未暇理董：复以兴趣别属，此调久已不弹。友人知有斯稿者，每从而索阅；二十五年秋，钱玄同师为南桂馨氏辑刻《左庵丛书》亦拟以此入录，终以修订有待，未即付刊。非敢敝帚自珍，实恐示人以璞。及避地南来，此稿携置行箧，朋辈复频勖我订正问世。乃抽暇詧正，公诸世人，用以纪念刘、钱两先生及亡友董子如兄，且以质正于并时之治中国文学者。

　　　　　　　　　三十年三月三日识于昆明冈头村北大公舍

一　绪论

自两汉以迄唐初，文学断代，可分六期：

一、两汉　此期可重分为东西两期；东汉复可分为建安及建安以前两期。

二、魏　此期可专治建安七子之文，亦可专治王弼、何晏之文。

三、晋宋　此期可合为一，亦可分而为二。

四、齐梁

五、梁陈　梁武帝大同以前与齐同，大同以后与陈同，故可分隶两期。

六、隋及初唐　初唐风格，与隋不异，故可合为一期。

此六期中专门名家甚多，其选择标准，或以某家文章传于今者独多；或以某家文章于文学流变上关系綦钜。其在两汉，则司马迁《史记》及班固《汉书》而外，蔡中郎（邕）、曹子建（植）均有专集传世，可供研诵。魏代王辅嗣（弼）何平叔（晏）两家之文，传于今者独少，而校练名理，实为晋宋先声。亦可选修，藉觇异采。降及晋世，潘（岳）陆（机）特秀。士衡文备各体，示法甚多；安仁锋发韵流，哀诔钟美。二子而外，两晋文集，流传盖寡。爰逮宋氏，颜（延之）谢（灵运）腾声。次则沈约《宋书》，叙论擅奇；范晔《后汉》，独轶前作。傅亮、任昉，书记翩翩；徐陵、庾信，竞逐艳藻，斯并当代之逸才，后昆之楷式也。隋迄初唐，习尚未改。扇徐、庾之余韵，标四杰（王勃、杨炯、卢照邻、骆宾王）之新声；虽亦绮错纷披，而江左之气骨犹在。尝谓五代以前文多相同，五代以后，乖违乃甚。故治中古文学者非特可效四杰，即苏颋、张说、韩昌黎、李义山之流，亦未尝不可研览。然自汉迄唐，可提出研究者甚多，而治一家者固不能不旁及（如任、沈可合观，徐、庾可合观，又研究陆士衡可溯及蔡中郎之类），治一代者亦不能不遍观；治一家宜撷其特长（如蔡中郎之碑铭，迥非并时文人所及），治一代贵得其会通（各期之间变迁甚多，同在一代每有相同之点）。抉择去取，要须以各人之体性才略为断耳。此期之参考书，以严可均所辑《全上古三代秦汉三国六朝文》（省称"全文"）最便学者。此书于隋以前文，哀集略备，除史传序赞外，百遗二三。且断代为书，览诵甚易。故凡专治一代者固不可少此书，即治未有专集之各家者，亦应以此书为本。

文章之用有三：一在辩理，一在论事，一在叙事。文章之体亦有三：一为诗赋以外之韵文，碑铭、箴颂、赞诔是也；一为析理议事之文，论说、辨议是也；一为据事直书之文，记传、行状是也。三类之外又有所谓"序"者，实即赞之一种。盖古文序、赞不分，《后汉书》之论即为《前汉书》之赞，论、赞之用，并与序同。孔子赞《易》，乃著《系辞》，是作序有韵，亦非无本。自隋以降，序与记传无别，据事直书，已失涵蓄之旨。唐、宋而后，更于序中发抒议论，则又混入论说。其体裁讹变，正与后代混碑铭于传状，且复参加议论者，同一不足为训，此研究专家文体所以断自五代以前也。然六朝以上文体亦有伪误者；如《文选》中王子渊《圣主得贤臣颂》，据《汉书·王褒传》考之，本为"对"体，与东方朔

《化民有道对》之类相同，自来未有无韵而可称颂者。后世因《文选》之误，而谓颂可无韵，诚不免展转传讹矣。

文章之体既明，然后各就性之所近先决定所欲研究之文体，次择定擅长此体之专家，取法得宜，进益必速，故不可不慎也。大抵析理议礼之文应以魏、晋以迄齐、梁为法。若嵇康持论，辨极精微；贺循订制，疑难立解，（魏晋以来之议礼文字杜佑《通典》所收者甚多）并能陵轹前代，垂范将来。论事之文应以两汉之敷畅为法，而魏晋之局面廓张，亦堪楷式。叙事之文（包括纪传、行状而言）应以《史》《汉》为宗，范晔、沈约盖其次选。诸史而外，则《水经注》《洛阳伽蓝记》之类固可旁及，即唐宋八家亦不可偏废，此就文章之用言也。若以文体而论，则箴铭、颂赞，蔡中郎、陆士衡并臻上选，欲求辞旨文雅，亦可参效任昉、沈约、徐陵、庾信。至于兼长碑铭箴颂赞诔论说辨议诸体者，惟曹子建、陆士衡二人。任彦昇则短于碑铭箴颂赞诔，庾子山则短于论说辨议。天赋所限，不可强求。且一类之中，亦有轻重：士衡笔壮，故长于碑铭；安仁情深，故善为哀诔。要宜各就性之所近，专攻一家。"用志不分，乃凝于神。"汪容甫（中）为清代名家，而绎其所取法者，亦只《三国志》、《后汉书》、沈约、任昉四家而已。

词例亦为专门之学，若能应用俞樾《古书疑义举例》之法，推之于汉魏六朝文学，则于当时用字造句之例。必有创获，亦巨业也。

二 各家总论

　　《史记》及前、后《汉书》今并存在，研究司马迁、班固、范晔三家者，可资探讨。《汉书》太初以前之纪传，多与《史记》相同，然同叙一事用字之繁简各异。例如《汉书·陈胜列传》删削《史记·陈涉世家》之处甚多，而"言皆精练，事甚赅密"。宜究其删削之故，以悟叙事之法。《史记》一书，班固谓其"据《左氏》《国语》，采《世本》《战国策》，述《楚汉春秋》"，亦可以此法参究之。就字句论，《汉书》省，而《史记》繁。衡以刘知几所谓"叙事之工者，以简要为主"，则二书之优劣判矣。由此可悟，凡作纪传之文，但就行状本事，晦者明之，繁者简之而已。又自魏、晋以来作《后汉书》者甚多。范晔之书，不过因前人成业，重加纂订。然以《汉学堂丛书》子史钩沉中所辑诸家《后汉书》佚文，及汪文台所辑七家《后汉书》，与之相较，其不同处，一在用字之简繁，一在行文之简繁。故同叙一事，而得失自见。亦犹参较《左传》事实，而后《春秋》之笔削可见；参较裴松之《三国志注》，而后陈寿之笔削可见也。推此可知，记事之文，第一，应看其繁简得法；第二，应看其文简事赅；第三，应看其用字传事之妥帖。后世史书所以不及前四史者，即由其"章句不节，言词莫限"；而《新唐书》及《新五代史》所以差胜旧作者，即以其知尚简之义而已。

三家之文，风格不同，而皆有独到处。《史记》以空灵胜，《汉书》以详实胜，《后汉书》以精雅胜。子长行文之妙，在于文意蕴藉，传神言外，如《封禅》《平准》两书，据事铺叙，不著贬词，而用数字提空，抑扬自见，此最宜注意处。明归熙甫以降，论文多推崇《史记》者，盖以此也。《汉书》用笔茂密，故提空处少，而平实处多。至于《后汉书》记事，无一段不雅，此可以蔚宗以前各家之书推较而知也。

司马迁之文，以《史记》为其菁华，此外流传殆鲜。班固之文，于《汉书》外，篇章甚多。范晔之文，于《后汉书》外，惟本传尚存数篇，而《后汉书》之传论序赞实其得意之作。举其佳构：则《江革传序》《党锢传序》《左雄传论》，皆可研诵。尤以《党锢传序》，夹叙夹议，叙事即在议论之中，议论又即在叙事之中，且能"抽其芬芳，振其金石"，字句声律、并臻佳妙。导齐、梁之先路，树后世之楷模也，宜蔚宗自诩为"天下之奇作"矣。（以上合论司马迁、班固、范晔三家）

汉文气味，最为难学，只能浸润自得，未可模拟而致。至于蔡中郎所为碑铭，序文以气举词，变调多方；铭词气韵光彩，音节和雅（如《杨公碑》等音节均甚和雅），在东汉文人中尤为杰出，固不仅文字渊懿，融铸经诰已也。且如《杨公碑》《陈太丘碑》等，各有数篇，而体裁结构，各不相同，于此可悟一题数作之法。又碑铭叙事与记传殊，若以《后汉书》杨秉、杨赐、郭泰、陈实等本传与蔡中郎所作碑铭相较，则传实碑虚，作法迥异。于此可悟作碑与修史不同。清李申耆《养二斋文集》，虽杂不成家，而有数篇模拟伯

嗜，略得梗概，可参阅之。（以上论蔡邕）

　　研究汉人之文，每难确指其得失，及其渊源所自，而研究陆士衡文则观其与弟士龙论文书，即可了然其文章之得失，及其取法蔡邕，兼采曹植、王粲之迹。大抵陆文之特色，一在炼句，一在提空。今人评骘士衡之得失，每推崇其炼句布采，不知陆文最精彩处，实在长篇大文中能有提空之语。盖平实之文易于板滞，陆文最平实而能生动者，即由有警策语为之提空也（如《豪士赋序》《吊魏武帝文序》之类）。故研究陆文应由平实入手，而参以提空之法，否则虽酷肖士衡，亦只得其下乘而已。又长篇之文最易散漫，研究陆文者，宜看其首尾贯串及段落分明处，至炼句布采，犹其余事也。其记事之文传于今者甚少。（以上论陆机）

　　嵇叔夜文，今有专集传世。集中虽亦有赋箴等体，而以论为最多，亦以论为最胜，诚属前无古人，后无来者，研究嵇文者自当专攻乎此。观其《养生论》《声无哀乐论》等篇，持论连贯，条理秩然，非特文自彼作，意亦由其自创。其独到之处一在条理分明，二在用心细密，三在首尾相应。果能得其胎息，则文无往而不达，理虽深而可显。然自魏、晋以降，惟顾欢《夷夏论》、张融《门律》之类，尚能承其矩矱，后世不善持论，每以理与文为二事，故说理之文遂成语录。迩者哲学昌明，思想解放，倘能绍嵇生之绝绪，开说理之新涂，实文士之胜业也。（以上论嵇康）

　　傅季友与任彦昇实为一派。任出于傅，《梁书》已有明文。（案《南史·任昉传》云：王俭每见昉文，必三复殷勤，以为当时无辈，曰："自傅季友以来，始复见于任子。"又云：昉尤长载笔，颇慕傅亮，才思无穷。）二子之文有韵者甚少。其无韵之文最足取法者，在无不达之辞，无不尽之意，行文固近四六，而词令婉转轻重得宜。黄祖称祢衡之文云："此正如祖意，如祖心中所欲言。"傅、任之作，亦克当此。且其文章隐秀，用典入化，故能活而不滞，毫无痕迹，潜气内转，句句贯通，此所谓用典而不用于典者也。今人但称其典雅平实，实不足以尽之。大抵研究此类文章首重气韵，浸润既久自可得其风姿。至其词令隽妙，盖得力于《左传》《国语》，宜探其渊源，以究其修辞之术。案傅、任所作均以教令书札为多，惟以用典入化，造句自然，故迥非其他应酬文字所能及耳。清汪中《述学》颇得傅、任隐秀之致，宜参阅之。（以上论傅亮、任昉）

六朝文之传于今者，以沈休文为最多，而《宋书》实其大宗也。《宋书》为《三国志》以下最古之史，叙事论断，并有可观。其纪传叙论亦能夹叙夹议，各有警策。蔚宗而后，此实称最。至其辨理之文（如《难神灭论》等），源出嵇康，在齐梁之时，固足成家，而以参用藻采，不免浮泛，故与其法沈，无宁宗嵇，其表启作法，与任昉同，特不及彦昇之自然耳。（以上论沈约）

庾子山文虽逊于前述诸家，然亦有可研究者，大抵六朝时人，皆能作四六文，工对仗，善用典；而徐陵、庾信所以超出流俗者，情文相生，一也；次序谨严，二也；篇有劲气，三也。故普通四六，文尽意止，而徐、庾所作，有余不尽。且庾文虽富色泽，而劲气贯中，力足举词，条理完密，绝非敷衍成篇。（如《哀江南赋》等长篇用典虽多，而劲气足以举之。）以视当时普通文章，殆不可同日语矣。有清一代学徐、庾者，惟陈其年（维崧）可望其肩背，宜参阅之。（以上论庾信）

三 学文四忌

无论研究何家，皆有易犯之通病，举所宜忌约有四端：

第一，文章最忌奇僻 凡学为文章，宜自平正通达处入手，务求高古，反失本色。如明之前后七子，李梦阳、王弇洲辈，为文远拟典谟，近袭秦汉。斑驳陆离，虽炫惑于俗目，而钩章棘句，实乖违于正宗。宜极力戒除，以免流于奇僻。且临文用字，亦当相体而施。赋主敷采，不避丽言，奇字联翩，未为乖体；（如《三都》《两京》《子虚》《上林》诸篇古字甚多，降至木华《海赋》之类用典益为冷僻，然以并属辞赋，故尚未可厚非，若易为诔颂，则乖谬矣。）符命封禅，贵扬王庥，诡言遁辞，可兼神怪。（如司马相如《封禅》、扬雄《剧秦美新》、班固《典引》之类。）自兹而外，无论无韵之论说奏启，有韵之赞碑颂铭，倘用古字以鸣高，转令气滞而光晦，蔡、班、陆、范（晔）诸家，未尝出此也。故扬雄手著训纂，邃于小学，虽《太玄》《法言》窃拟经传，《甘泉》《羽猎》侈陈僻词，而箴颂奏疏，鲜复类此，而初学为文，可以知所法矣。若必拟典谟以矜奇，用古字以立异，无异投毛血于穀核之内，缀皮叶于衣袂之中，即使臻极，亦只前后七子之续而已！然奇僻者，非锤炼之谓也。试读蔡中郎、陆士衡、范蔚宗三家之文，何尝不千锤百炼，字斟句酌，而用字平易，清新相接，岂有艰涩费解之弊？是知锤炼与奇僻，未可混而言之。又《史记》一书，示法甚多。而其文调，不尽可袭。如因拟其成调，以致文义不通，则貌为高古，反贻画虎不成之诮，其弊亦与奇僻等耳。

第二，文章最忌驳杂　所谓驳杂，有文体驳杂、用典驳杂、字句驳杂之殊。大抵古人能成家，必有专主，无所专主，必致驳杂。故学为文章者，或主汉魏，或主六朝，或主唐宋，如能纯而不驳，皆克有所成就。若一篇之中忽而两汉，忽而六朝，纷然杂出，文不成体，有如僧衣百结，虽锦不珍，卫文大布，反为朴茂。此文体不可驳杂一也。数典用事，须称其文，前后杂出，即为乖体。故碑铭之类，体尚严重，镕经铸史，乃克堂皇，如参宋、明杂书，于文即为不称。此用典不可驳杂二也。（专学六朝或唐宋之文者参用后世典故犹不为病。）章有杂句，足为篇疵；句参杂字，适成句累。故用字宅句，亦贵单纯，必须剪裁驳杂，辞采始能调和。此字句不可驳杂三也。综兹三患，体纯为难，前人虽有融合各体自成一家者，然于各体之中，亦必有所侧重，否则难免流于驳杂矣。

第三，文章最忌浮泛　凡学为文章，无论有韵无韵，皆宜力避浮泛。浮泛者，文溢于意，词不切题之谓也。自汉、魏以迄晋、宋，文章虽有优劣，而绝少夸浮。及齐、梁竞尚藻采，浮词因以日滋，下逮李唐，益为加厉。试观《史记》及前、后《汉书》，纪传既不浮泛，论赞尤少盈辞。如《后汉书》中党锢、逸民、江革、左雄、王衍、仲长统诸序论，句各有意，绝无溢词。蔡伯喈、陆士衡辈，虽在长篇，亦能以文副意。（如陆机《五等论》《辨亡论》等篇幅虽长，而无敷衍文辞、不与题旨相应之句，故能华而不浮，后人为之，不能称是矣。）齐、梁以降，则文章浮泛与否，因作家之造诣殊，若任昉、庾信，一代名家，其行文遣词，鲜溢题外；而湘东草檄，非关序贼，文多夸浮，贤者不免。（《南史·萧贲传》湘东王为檄，贲读至"偃师南望，无复储胥露寒；河阳北临，或有穹庐毡帐"，乃曰："圣制此句，非无过似，如体目朝廷，非关序贼。"王大怒。此文多溢词之证。）自邻以下，益可知矣。至于晚唐四六，远逊梁、陈，而李义山所以独轶群伦者，亦以其免于浮泛耳。是知名家与非名家之别，系于浮泛与不浮泛者至钜。然浮泛者，非驰骋之所谓也。语不离宗，驰骋无害；文溢于意，浮泛斯成。范蔚宗云："常谓情志所托，故当以意为主，以文传意，以意为主，则其旨自见，以文传意，则其词不流。"妙达此旨，殆可免于浮泛之弊矣。

第四，文章最忌繁冗　文章与语言之异，即在能敛繁就简，以少传多，故初学为文，首宜戒除繁冗。试观《史记》《汉书》，非特记事之文言简事赅，即论赞之类，亦并意繁词炼。如《史记·五帝本纪赞》及《孔子世家赞》皆寥寥数十字，而含意十余层，若尽举其意，衍为白话，再即白话译为文言，则文之繁芜，奚啻倍蓰？至于《汉书》字句，尤较《史记》精炼，凡《史记》中有可省者，汉书并为删削，试以《史记·项羽本纪》《陈涉世家》与《汉书》项籍、陈胜两传对较，则可知其繁简之异矣。惟敛繁就简之术，非皆下笔自成，实由锤炼而致。如作记事之文。初稿但求尽赅事实，而后视全篇有无可删之章，每章有无可节之句，每句有无可省之字。必使篇无闲章，章无赘句，句无冗字，乃极简炼之能事。推之有韵或四六之文，亦当文简意赅，不贵词芜无当。试观蔡伯喈所作碑铭，凡两句可包者，绝不衍为四句，使齐梁人为之，即不能如此。然文之有关开合者，关之则气促；词之堪作警策者，删之则气薄，既与冗赘不同，即当不予翦截。斯则神而明之存乎其人矣。至于嵇叔夜之《声无哀乐论》及《宅无吉凶摄生论》，析理绵密，立意深刻；陆士衡之《五等论》及《辨亡论》，或记典制因革，或溯历代乱源，皆因意富而篇长，不由词芜而文冗。使出沈休文、任彦昇手，篇幅尤当倍之。若此之类，盖与繁冗异致矣。

综此四端，胥为厉禁，初学为文，宜详审之。

四　论谋篇之术

刘彦和云："夫人之立言，因字而生句，积句而成章，积章而成篇。篇之彪炳，章无疵也；章之明靡，句无玷也；句之清英，字不妄也。"此谓立言次第须先字句而后篇章，而临文构思，则宜先篇章而后字句。盖文章构成，须历命意、谋篇、用笔、选词、炼句五级。必先树意以定篇，始可安章而宅句。若术不素定，而委心逐辞，异端丛至，骈赘必多！故无论研究何家之文，首当探其谋篇之术。谋篇者，先定格局之谓也。以《史记》《汉书》言之：《史记》萧、曹列传历叙生平，首尾完具；《孟荀列传》藉二子以叙当时之人；《管晏列传》但载其逸文逸事，凡见于二子之书者皆屏而不叙；至于《伯夷列传》几全为议论，事实更少。夫同为列传，而体变多方，设非先定篇法，岂能有若许格局？是知文章取材，实由谋篇而异，非因材料殊异，而后文章不同也。《汉书·王吉贡禹列传》以四皓事叙入篇中，与《史记·孟荀列传》之例正同，作史贯串之法，于此可见。又《五行志》记载京房董仲舒之言，于其学术思想，可窥厓略，是读史非特有关叙事，抑且有裨考据矣。再就蔡中郎之文论之，其所为碑铭，往往一人数篇，而篇法各异。（如《杨公碑》《胡公碑》《陈太丘碑》等皆然。）如《陈太丘碑》共有三篇：一篇但发议论，不叙事实；两篇同叙事实，而一详生前，一详死后，使非谋篇在前，安能选材各异？

世谓碑铭之文千篇一律，惟修辞有工拙者，岂其然乎？是知作文之法，因意谋篇者其势顺，由篇生意者其势逆。名家作文，往往尽屏常言，自具杼柚，即由谋篇在先，故能驭词得体耳！陆士衡文可就《辨亡论》以考其谋篇之术。此论上下两篇，意思相连，而重要结论皆在下篇末段，盖必先定主旨篇法，而后将事实填入，此所谓先案后断法也。任彦昇所为章表，代笔甚多。然或因所代不同，而口气异致；或因一人数表，而前后殊途，并由谋篇在先，始能各不相犯。推此可知，六朝人所作章表贵在立言得体，而不在骈罗事实，不肯割爱，转为文累。即如《史记》之《管晏》《伯夷》等传所以篇法奇特不落恒蹊，亦以其捐弃事实，肯于割爱而已。然文章亦有不能割爱者，如嵇叔夜之《声无哀乐论》等，弥纶群言，研精一理，必使心与理合，弥缝莫见其隙，辞共心密，敌人不知所乘。倘不考虑周详，难免授人以柄。自此而外，作碑铭者，如欲历数生平，宏纤毕备；论事理者，如欲胪陈往迹，小大不遗，必至繁芜冗长，生气奄奄，此并不知谋篇之术，而吝于割爱者也。至于庾子山文，亦知谋篇之法。如《哀江南赋》先叙其家世，而后由梁之太平，叙及梁之衰乱，层次分明，秩然不紊。必当先定格局，而后选词属文，始能篇幅甚长，而不伤于繁冗。故无论研究何家之文，均须就命意、谋篇、用笔、选词、炼句五项，依次求之。谋篇既定，段落即分。大抵文之有反正者，即以反正为段落；无反正者，即以次序为段落。（如论说之类有反正两面，碑铭即无反正，颂不独无反正，且无比喻，匡衡、刘向之文以正面太少，故用比喻甚多。）模拟古人之文，能研究其结构、段落、用笔者，始可得其气味；能了解其转折之妙者，文气自异凡庸。若徒致力于造句炼字之微，多见其舍本逐末而已矣。

五　论文章之转折与贯串

古人文章之转折最应研究，第在魏晋前后其法即不相同。大抵魏晋以后之文，凡两段相接处皆有转折之迹可寻，而汉人之文，不论有韵无韵，皆能转折自然，不着痕迹。试观蔡邕所作碑铭，序文头绪虽繁，而不分段落事迹自明；铭词通体四言，而不改句法，转折自具。例如，《胡公碑》以"七被三事，再作特进"八字消纳胡广屡次之黜陟（《四部备要》据海源阁校刊本《蔡中郎集》卷四，页六，严可均辑《全后汉文》卷七十六，页四），《范史云碑》以"用行思忠，舍藏思固"八字赅括范丹一生之出处（本集卷二百十五，《全后汉文》卷七十七，页八）。而各篇序文亦并能硬转直接，毫不着力。此固非伯喈所独擅，即普通汉碑亦莫不然。使后人为之，不用虚字则不能转折（如事之较后者必用"既而""然后"，另起一段者必用"若夫"之类）。不分段落则不能清晰，未有能如汉人之一气呵成，转折自如者也。

《史记》《汉书》之所以高出后代史官者，亦在善于转折。自《晋书》以下，欲于一传之内叙述数事，非加浮词则文义不接，非分段落则层次不明，故其转折之处颇着痕迹。其在《史记》《汉书》，则虽叙两事而文笔可相钩连，不分段落而界划不至漫灭：此其所以可贵也。例如，《史记》中《封禅》《河渠》二书，自三

代叙至秦汉，历年甚久，引据之书亦非一类（《封禅书》参用群经及
《管子·封禅篇》，《河渠书》用《禹贡》及杂书），而各能一炉并冶，
自然融和。又如《五帝本纪》及夏、殷、周本纪多用《尚书》，但
或采《书序》古文说，或采当时博士说，或径袭原文，或以训诂字
易本字，而俨然抄自一书，不嫌驳杂。又如，《赵世家》多用《左
传》，但记程婴、公孙杵臼立赵后，及赵简子梦之帝所射熊黑事，
即不见于《左传》《国语》，而能贯成一气，如天衣无缝。此并
《史记》善于转折处也。

《汉书》武帝以前之纪传十九与《史记》同，但其不见于
《史记》者，转折亦自可法。如贾谊之《治安策》原散见于《贾
子新书》，而前后次序与此迥异，经孟坚删并贯串，组织成篇，
即能一脉相承，毫不牵强。又如《董仲舒传》对江都王语原见于
《春秋繁露》"对胶西王越大夫不得为仁"篇，虽颠倒错综，繁
简异致，而能前后融贯，不见斧凿痕迹。推此可知，《汉书》删
节当时之文必甚多，特以原文散佚已久，而孟坚又精于转折，故
难考见耳。

至于《后汉书》列传中所载各家奏议论事之文，大都经范蔚
宗润饰改删。试与袁宏《后汉纪》相较，则范氏或删改其字句，或
颠倒其次序，草创润色前后不同，转折之法于焉可见。例如《蔡中
郎集》有《与何进荐边让书》（本集卷八，《全后汉文》卷七十三），
《后汉书》采入《文苑边让传》（《后汉书》卷一百十下），但锤炼字
句，裁约颇多，以其始终贯串，转折无迹，如不对照原作，即毫不
觉其有所改删，此最堪后学玩味者也。

然自魏晋以后，文章之转折，虽名手如陆士衡亦辄用虚字以

明层次。降及庾信，迹象益显。其善用转笔者，范蔚宗外当推傅季友、任彦昇两家。两君所作章表诏令之类，无不头绪清晰，层次谨严，但以其潜气内转，殊难划明何处为一段何处转进一层，盖不仅用典入化，即章段亦入化矣。至于其他六朝人之文章，如颜延年《曲水诗序》、陆佐公《新刻漏铭》之类，段落皆甚显明，即不能称是，凡作排偶文章，于转折处之两联往往以上联结前，下联启后，此虽非转折之上乘，但勉强差可。若每段必加虚字，或一篇分成数段（如作寿序分为幼年中年晚年之类），不能贯成一气，则品斯下矣。清代常州骈文甚为发达，而每篇常用数字分段，此即才力不足之征。即用虚字过多，亦为古人所无。盖文章固应有段落，而篇篇皆可划出即不甚佳。如《史记》《汉书》前后相接之处如藕断丝连，若绝若续，后人所划之段落未必尽然。他如蔡中郎、傅季友、任彦昇各家文章之段落亦皆不易截然划分者也。

文章贯串之法甚难。所谓贯串者，例如，《汉书·地理志》载某县有某官，《百官公卿表》即略之。盖此官以地为主，既见于《地理志》，后人即可藉知汉代官制有此一职矣。又如《史记·五帝本纪》中，帝尧后半之事迹多与帝舜前半之事迹相同；《齐世家》后半与《田敬仲世家》前半，及《晋世家》后半与韩、魏、赵三《世家》前半亦多关涉，但均能错综递见，绝不重犯。又同一事迹，或表详而世家、列传略，或传详而纪略，或纪详而传略，亦均参互照应以成章法，此记事文之通例也。大抵文章有一篇自成章法者，有合一书而成章法者，零杂篇章自应各具起讫，既合若干篇以成一书即应全书相为终始。此非特《史》《汉》为然，即《后汉书》亦然。例如，《后汉书·党锢列传》既有专篇，则相关各人之本传即甚简略，实则篇章之作法亦不能外是：一篇之应互有详略，亦犹两传之互有详略不相重复也。

六 论文章之音节

古人文章中之音节，甚应研究，《文心雕龙·声律篇》即专论此事。或谓四声之说肇自齐梁，故唐以后之四六文及律诗乃有声律可言，至古诗与汉魏之文则无须讲声律。不知所谓音节既异四声，亦非八病。凡古之名家，自蔡伯喈以至建安七子、陆士衡、任彦昇、傅季友、庾子山诸人之文，诵之于口无不清浊通流，唇吻调利。即不尚偶韵之记事文亦莫不如是，例如《史记》叙事每得言外之神，尝有词在于此而意见于彼之处，以其文中抑扬顿挫甚多，故可涵咏而得其意味。此《平准》《封禅》两书，《货殖》《游侠》《伯夷》诸传所以可诵也。至于谱录簿籍之文，如《史记》三代世表、十二诸侯年表，及《汉书》之《地理志》《艺文志》之类，皆无音节可诵。除此之外，《史记》固十之八九可诵。即《汉书》之《食货志》《郊祀志》亦并音节通流，毫不窒碍。其纪传后赞与《两都赋》后之明堂诗、灵台诗尤为雅畅和谐，为孟坚文中音节之最佳者。蔡中郎有韵之文所以高出当时即以其音节和雅耳。东汉一代之文皆能镕铸经诰，惟余子仅采用经书之字句组成，而伯喈则能涵咏诗书之音节，而摹拟其声调，不讲平仄而自然和雅，此其所以异于普通汉碑也。至于建安七子之文愈讲音节。刘彦和云："洎夫建安，雅好慷慨。"以其文多悲壮也。（例如陈琳为袁绍檄豫州文，壮有骨鲠，克举其词。）大凡文气盛者，音节自然悲壮；文气渊懿静穆者，音节自然和雅，此盖相辅而行，不期然而然者。阮嗣宗之文气最盛，故其声调最高，亦自然而致也。自魏晋以迄唐世，文章渐趋四六，其不能成诵者盖寡。文章所以不能成诵，厥有二因：一由用字不妥帖。为文选字甚难，尽有文义甚通，而与音节相乖，以致声调不谐者。一由用字过于艰深。用字冷僻，则音节易滞。倘有意求深，即使辞句古奥，而音节难免艰涩。清代常州董祐诚、继诚兄弟之文，以古书及冷字僻典堆砌成篇，而诵之不成音节，此与壁垒坚固，空气不通奚异？文之音节本由文气而生，与调平仄讲对仗无关。有作汉魏之文而音节甚佳，亦有作以下之四六文而不能成诵者，要皆以文气疏朗与否为判。庄子云"阅谷生风"，此之谓也。普通汉碑以用经书堆砌成篇，不如蔡中郎文有疏朗之气，故音节遂远逊之。范蔚宗文甚疏朗，且解音律。其自序云："性别宫商，识清浊。"沈约诸人多祖述其说。故其文之音节尤可研究。例如《后汉书》之《六夷传序》《党锢传序》《逸民传序》《宦者传序》诸篇，几无一句音节不谐，而其诸赞，诵之于口适与四言诗无异。大抵碑颂诔赞各体，皆宜参以魏晋四言诗之音节，倘能涵泳陶靖节《荣木》《停云》诸篇而施诸碑铭颂赞，则其音节必无蹇碍之病矣。

文之音节既由疏朗而生，不可砌实，而陆士衡文甚为平实，而气仍是疏朗，绝不至一隙不通，故其文之抑扬顿挫甚为调利。且非特辞赋能情文相生、音节和谐，即《辨亡》《五等》诸论亦无不可诵。非必徐、庾以降之四六文始有音节也。汉之乐府《孔雀东南飞》《古诗十九首》，及歌谣等皆可诵之于口。惟专以字句堆砌者亦不能成诵，例如史游《急就篇》之七字韵语，及柏梁台诗之"枇杷菊栗桃李梅"等皆此类也。

大凡文之音节皆生于空。清代汪容甫之文篇篇可诵，绎其所法，亦不过任昉、陈寿数家而已。又陈维崧之文取法虽低，而有音节。至乾隆以后之常州骈文，如董祐诚兄弟所用亦为三代以上之书，而堆砌成篇毫无潜气内转之妙，非特不成音节，文亦甚晦，绝无辉煌之象。孔巽轩虽喜用典，而音节流利，即由其文章有空处耳。唐代李义山用典甚轻，音节和谐，故为一代名家。然非谓用典过多音节即不调谐也。如庾子山等哀艳之文用典最多，而音节甚谐，其情文相生之致可涵泳得之，虽篇幅长而绝无堆砌之迹。又如任彦昇之文何尝不用典？而文气疏朗，绝无迹象，由其能化也。故知堆砌与运用不同，用典以我为主，能使之入化；堆砌则为其所囿，而滞涩不灵。犹之锦衣缀以敝补，坚实芜秽，毫无警策洁净之气，凡文章无洁净之气必至沉而且晦：沉则无声，晦则无光，光晦而声沉，无论何文亦至艰涩矣。

文章最忌一篇只用一调而不变化。六朝以上大致文调前后错综，不相重犯。即同为四言而上两句绝不与下一句相重，此由音节既异，文气亦殊也。试观蔡伯喈、陆士衡之文，虽篇篇极长而每段绝无相犯之调。盖汉人之调虽少而每篇辄数易之。自魏晋以下，则每篇皆有新调。如吴质之书札及陆士衡之《五等论》，即其例也。降及六朝，文调益为新颖，夫变调之法不在前后字数不同，而在句中用字之地位，调若相犯，颠倒字序即可避免。故四言之文不应句句皆对，奇偶相成，则犯调自鲜。如句句对仗即不免陷于堆砌矣，然自庾子山后知此法者盖寡。子山能情文相生且自知变化，尚不为病。后世无其特长，而学其对仗，长篇犯调，精彩全无。使人观之，不谓为修饰不洁，即谓为音节不佳，结体全无，皆不知变调之过也。

七　论文章有生死之别

　　文章有生死之别，不可不知。有活跃之气者为生，无活跃之气为死。文章之最有生气者，莫过于前三史。《史记》记事最为生动，后人观之犹身历其境。如《项羽本纪》中叙巨鹿之战及鸿门之会、垓下之败（《史记》卷七），皆句句活跃。《周昌列传》叙谏废太子，其活跃情形，溢于纸上（《史记》卷九十六）。又《刺客列传》叙荆轲刺秦王一段，亦须眉毕现（《史记》卷八十六）。更就《汉书》而论，如记霍光废昌邑王一事，前叙太后所着之衣服，继叙宣读诏书，而将太后之言插于其中，当时之情态，即栩栩欲生（《汉书》卷八十六）。至于《后汉书》中《郅恽》（卷五十九）、《范滂》（卷九十七）、《第五伦》（卷七十一）、《宋均》（卷七十一）、《王霸》（卷五十）诸传，叙述生动，亦与《史》《汉》相同。大抵记事文之生死皆系于用笔：善用笔者，工于摹写神情，故笔姿活跃；不善用笔者，文章板滞，毫无生动之气，与抄书无异。夫文章之所以能生动，或由于笔姿天然超脱，或由于记事善于传神。如画蝴蝶然，工于画者既肖其形，复能传其栩栩欲活之神；不工于画者徒能得其形似而已。今欲研究前三史，宜看其文章之生动处皆在于描写之能传神也。《元史》固亦有纪传表志，而但就当时之公牍官书抄写而成，记事疏漏，文章直同账簿，以视《史》

《汉》，若天渊悬殊，此由于记事文有生死之别也。

至于其他各体亦莫不然。试就蔡伯喈、陆士衡、任彦昇诸家研究之，皆可见其文章生动之致。凡文章有劲气，能贯串，有警策而文采杰出（即《文心雕龙·隐秀篇》之所谓"秀"）者乃能生动。否则为死。盖文有劲气，犹花有条干（即陆士衡《文赋》所谓"理扶质以立干，文垂条而结繁"）。条干既立，则枝叶扶疏；劲气贯中，则风骨自显。如无劲气贯串全篇，则文章散漫，犹如落树之花，纵有佳句，亦不足为此篇出色也。蔡中郎文无论有韵无韵皆有劲气，陆士衡文则每篇皆有数句警策，将精神提起，使一篇之板者皆活。如围棋然，方其布子，全局若滞，而一着得气，通盘皆活。又文章之轻重浓淡互为表里，用笔重者易于浓，用笔轻者易于淡，此为一定之理。陆士衡用笔最重，故文章极浓；蔡中郎用笔在轻重之间，故其文浓淡适中；任彦昇用笔最轻，故文章亦淡。惟所谓浓淡与用典无关。任非不用典之淡，陆亦非全用典之浓。其文境之浓淡盖就用笔之轻重而分。任文能于极淡处传神，故有生气。犹之远眺山景，可望而不可即，实即刘彦和之所谓秀也。（每篇有特出之处谓之秀，有含蕴不发者谓之隐。）学任之淡秀可有生气，学蔡、陆之风格劲气亦可有生气，此殆文章刚柔之异耳。陆、蔡近刚，彦昇近柔。刚者以风格劲气为上，柔以隐秀为胜。凡偏于刚而无劲气风格，偏于柔而不能隐秀者皆死也。庾子山所以能成家者，亦由其文有劲气而已。上文言记事之文以善传神者为生，而有韵及偶俪之文则以句句安定者为生。凡不安定之句，多由杂凑而成。篇中多杂凑之句，则亦不能成篇矣。故古人作文最重文思。文思不熟，虽深于文者亦难应手。文至不应手时，即不免于杂凑，此为文之大忌也。为文若能先求句句安定，则通篇必能恰到好处，绝无混含之语。又对于前人之书有可删节颠倒者，有不能增减移易者。如《史》《汉》之中凡后人视为可合并者，其文固已合并。但如《史记·天官书》及《汉书·五行志》，文皆本于阅览之象，必须依据前人记载，不能增减一字，故其文甚繁，不以生动为尚。至于《史记·乐书》，本于《礼记·乐记》，而其次序词句经史公颠倒合并以传神之处甚多。唐人谓褚少孙多颠倒《史记》之次序，亦但就纪传及乐书之类而言，若《天官书》则绝不能移易也。总之，记事之文有数句传神之语，文章前后即活；有韵及四六之文，中间有劲气，文章前后即活。反之，一篇自首至尾奄奄无生气，文虽四平八稳，而辞采晦，音节沉，毫无活跃之气，即所谓死也。设陆士衡《吊魏武帝文》（《文选》卷六十）及袁彦伯《三国名臣序赞》（《文选》卷四十七），去其中间警策之数段，则全篇无生气。故文有警策，则可提起全篇之神，而辞义自显，音节自高。是知文章之生气与劲气警策互相维系。生气又谓之精彩，言有生气有辞彩也，有生气有风格谓之警策，有风格有生气兼有辞彩始能谓之高华。为文而不能具是三者，不得语于上乘也。

八 《史》《汉》之句读

　　研究《史记》《汉书》者，不可不明其句读。《史记》之句读可依《索隐》《集解》各家之说断之，《汉书》之句读可依颜师古注辨之。刘攽、宋祁之驳正亦多可从。所以必须辨明句读者，以句读明而后意思可明也。且《史》《汉》每句并不苟言，如句读不清，即文章精神全失。盖文章本有驰骤及顿挫两种，《史》《汉》中二者皆不废。文章有顿挫而无驰骤则失之弱，有驰骤而无顿挫则失之滑。欲明其文中驰骤顿挫之处，则非明其句读不可。（《史记》有一字句，亦有一句多至二十余字者。）至于《后汉书》为刘宋时人手笔，句读较为易求，其余各家之句读则以有韵及四六之文为多，亦无须研究。惟研究《史》《汉》者若不明其句读，即不足以见其章法也。

九　蔡邕精雅与陆机清新

　　研究蔡伯喈与陆士衡之文，应寻古人对于蔡、陆之评论。陆士龙与兄平原书每评论士衡文章之得失，就其所论推其所未论，可资隅反之处颇多。其中有云："往人论文，先辞而后情，尚洁而不取悦泽。尝忆兄道张公父子论文，实欲自得。今日便宗其言。兄文章之高远绝异，不可复称言。然犹皆欲微多，但清新相接，不为病耳。"（《全晋文》卷一百二，页四）今观士衡文之作法大致不出"清新相接"四字。"清"者，毫无蒙混之迹也；"新"者，惟陈言之务去也。士衡之文，用笔甚重，辞采甚浓，且多长篇。使他人为之，稍不检点，即不免蒙混或人云亦云。蒙混则不清，有陈言则不新，既不清新，遂致芜杂冗长。陆之长文皆能清新相接，绝不蒙混陈腐，故可免去此弊。他如嵇叔夜之长论所以独步当时者亦只意思新颖，字句不蒙混而已。故研究陆士衡文者应以清新相接为本。

　　至于蔡中郎之文亦绝无繁冗之弊，《文心雕龙·才略篇》云"蔡邕精雅"，实为定评，研治蔡文者应自此入手。精者，谓其文律纯粹而细致也；雅者，谓其音节调适而和谐也。今观其文，将普通汉碑中过于常用之句，不确切之词，及辞采不称，或音节不谐者，无不刮垢磨光，使之洁净。故虽气味相同，而文律音节有别。凡欲研究蔡文者，应观其奏章若者较常人为细，其碑颂若者较常人为洁，音节若者较常人为和，则于彦和所称"精雅"当可体味得之。

惟研究一家之文，有探及里面者，有但察其表面者。蔡、陆之文就表面观之甚易摹拟，而嵇叔夜《声无哀乐论》之类（《全三国文》卷四十九，页一）甚难摹拟。实则不然。如摹拟蔡、陆者只得其貌而遗其神，即使毕肖，亦形似而非神似。况研究一家之文本应注重其神情，不可拘于句法。如仅将经书中之四字句组合运用而成篇，则学蔡岂不大易？不知伯喈之文每篇皆有转变，如《杨公碑》《胡公碑》《陈太丘碑》等各篇有各篇之作法，不独字句不同，即音调亦有变化，绝非凑足四言便可诩为成功也。陆士衡文亦有特能传神之处，学陆文者应先得其警策，警策既得，然后从事于炼句布采。如徒摹拟其字句，而遗其神韵，亦徒得其表而遗其里耳。至于嵇叔夜之长论表面若甚难学，实则摹拟各家者取术不同。盖嵇叔夜开论理之先，以能自创新意为尚，篇中反正相间，主宾互应，无论何种之理，皆能曲畅旁达。善学嵇者宜先构思，新意既得，然后谋篇布势，再定遣词之法，或全用比喻，或专就正题立言。务期意翻新而出奇，理无微而不达。苟能如此，则叔夜之精华已得，奚必摹拟其句调？试观六朝论理之文，绝无抄袭叔夜之词句者，惟分肌擘理，构思精密之处得之于嵇而已。

无论研究何家，皆以摹拟其神情为上，而以摹拟其字句者为下。且蔡、陆之文尚有字句声调可拟，而任彦昇、傅季友之文全无形迹可学，即使酷摹其句调，亦难勉肖于丝毫。此由任、傅以传神胜，其佳处超乎字句以外，如仅趋步其字句则犹人仅有体魄而无灵魂。故凡学任、傅之文者，应得其传神之妙，不可但拟其用典。如汪容甫文无一联一句摹拟任彦昇之词藻，而善能得其传神三昧，斯可贵也。又如摹拟徐陵、庾信之文者，亦应得其情文相生之处，而不可斤斤于字句。清代陈其年之文仅于言情处间肖徐、庾，此外但能拟其典故而已。

十　论各家文章与经子之关系

　　欲撢各家文学之渊源，仍须推本于经。汉人之文，能融化经书以为己用。如蔡伯喈之碑铭无不化实为空，运实于空，实叙处亦以形容词出，与后人徒恃"峥嵘""崔巍"等连词者迥异。此盖得诸《诗》《书》，如《尧典》首二段虚实合用，表象之辞甚多。汉人有韵之文皆用此法，而伯喈尤为擅长。故研究蔡文者，必知其句中之虚实，乃能得其法门。且六朝以后，形容词用法甚严，状拟君王之词绝不能施诸臣民。汉文用实典甚少，故可不分地位。如"克岐克嶷"原称后稷聪明（见《诗经·大疋·生民》篇），而断章取义，则无妨用之童稚。又汉人用表象之词比附事实，故可繁可简；六朝人用史书之典比附事实，故不得不繁，此其大较也。班固之文亦多出自《诗》《书》《春秋》，故其文无一句不浓厚，其气无一篇不渊懿。《周礼》之文未尝不古质也，然以视《诗》《书》之朴厚则有间矣。曹子建之文大致亦近中郎，惟浓厚细密间或过之。又研究陆士衡者必先熟读《国语》，盖《国语》之文虽重规叠矩而不觉其繁，句句在虚实之间而各有所指，文气聚而凝，选词安而雅，陆文得其法度遂能据以成家。如《辨亡》《五等》二论（《文选》卷五十三及五十四），每段重叠至十余句，而句各有义，绝不相犯，斯并善于体味《国语》所致，研究陆文者应于此等处入手。又文章之巧拙，与言语之辩讷无殊。要须娴于词令，其术始工。词令之玲珑宛转以《左传》为最，而善于运用《左传》之词令者则以任昉称首。彦昇之文虽无因袭左氏字句之迹，而能化其词令以为己有。且疏密轻重各如其人之所欲言，口气毕肖，时势悉合，凡所表达无不恰到好处，是真能得左氏之神似者也。

研究各家不独应推本于经，亦应穷源于子。盖一时代有一时代流行之学说，而流行之学说影响于文学者至巨。战国之时，诸子争鸣，九流歧出，蔚为极盛。周、秦以后，各家互为消长，而文运之升降系焉。约而论之，西汉初年，儒家与道、法、纵横并立，其时文学，儒家而外，如邹阳、朱买臣、严助等之雄辩，则纵横家之流也；贾谊《新书》取法韩非，则法家之流也；《史记》之文，兼取三家，其气厚含蓄之处，固与董仲舒《春秋繁露》为近，而其深入之笔法则得之法家，采《国策》之文，则为纵横家，故与纯粹儒家之文不同。

自武帝以迄建安，儒术独尊，故儒家之文亦独盛。如班固《汉书》不独表志纪序取法经说，即传赞亦莫不尔。就其文论，气厚而浓密，渊茂而含蕴，字里行间饶有余味，纯系儒家风格，与法家迥殊。盖法家之文，发泄无余，乏言外之意，说理固其所长，但古质而无渊懿之光；儒家之文说理虽不能尽，而朴厚中自有渊懿之光。若孟坚则能备具儒家之特色者也。蔡伯喈之文亦纯为儒家，其碑铭颂赞固多采用经说，即论事之文亦取法《春秋繁露》，而文章之重规叠矩，则又胎息于荀子《礼论》《乐论》。故虽明白显露，而文章自然含蕴不尽，文能含蕴则气自厚矣。研究班、蔡之文者，能含蕴不尽，即为有得。又班、蔡之文并渊懿而有光，与古质不同。李斯刻石虽古质而不渊懿，韩昌黎《平淮西碑》摹拟秦刻石，益古质而无光矣。

建安以后，群雄分立，游说风行。魏祖提倡名法，趋重深刻，故法家、纵横又渐被于文学，与儒家复成鼎足之势。儒家则东汉之遗韵，法家、纵横则当时之新变也。七子之中，曹子建可代表儒家，其作法与班、蔡相同，气厚而有光，惟不免杂以慨叹耳。王仲宣介乎儒、法之间，其文大都渊懿，惟议论之文推析尽致，渐开校练名理之风，已与两汉之儒家异贯。盖论理之文，"迹坚求通，钩深取极"（《文心雕龙·论说篇》语），意尚新奇，文必深刻，如剥芭蕉，层脱层现，如转螺旋，节节逼深，不可为肤里脉外之言及铺张门面之语，故非参以名、法家言不可，仲宣即开此派之端者也。至于三国奏章皆属法家之文，斩截了当，以质实为主。王弼、何晏之文，所以变成道家，即由法家循名责实之观念进而为探索高深哲理耳。陈琳、阮瑀并以骈词为主，盖受纵横家之影响而下开阮嗣宗一派。故研究建安文学者，学子建应本于儒；学仲宣应溯诸法；学阮、陈应求之纵横，最近亦当推迹邹阳；而嵇叔夜之长论，则非参合道、法二家之学说不为功。大抵儒家之文能"衍"，法家之文能"推"。中国文学之最深刻者，莫过法家。如《韩非》之《解老》《喻老》及《说难》，层层辩驳逐渐深入，实议论文之上乘。建安以后，名、法盛行，故法家之文亦极发达。如王弼《易略例》《易注》之作法皆出于《解老》《喻老》。至嵇叔夜将文体益加恢宏，其面貌虽与韩非全殊，而其神髓仍与法家无异。综上所述，可知三国之文学最为复杂也。

降及西晋，法家、道家亦颇发达，而陆士衡仍守儒家矩矱，多

"衍"而少"推"，一以伯喈、子建为宗。

是故就人而论，太史公书最为复杂；就时代而论，建安最为复杂。若以儒、法二家之文相较，则学儒家之文积气甚难，此惟可意会，不能言传，多读西汉初年之篇章，详味其衍及含蓄，久之自能有光。学法家之文，应先研究其文章分多面，句各有意，字不虚设，章无盈辞，且能屏弃陈义，孚甲新思，考虑周详，面面完到。自兹入手，庶能得所楷式矣。

十一　论文章有主观客观之别

　　文章有主观客观之别，今试就各家之文以说明之。夫文学所以表达心之所见，虽为艺术而颇与哲学有关。古人之学说，各有独到之处，故其发为文学，或缘题生意，以题为主，以己为客；或言在文先，以己为主，以题为客。于是唯心唯物遂区以别焉。《史记》虽为记事之书，而一切人物皆由己意发挥。如《游侠》《刺客》二传，所以反映当时之人不如郭解、荆轲；《货殖列传》，所以针对《平准书》，以见取民之法犹甚于贸易，与纪表之惟存古制并无深意者迥不相同。至于《封禅书》所以与《礼书》分立者，一以抒己意，一以存古制而已。此外如世家首《泰伯》，列传首《伯夷》，而列传之题或以姓标，或以名标，或以字标，或以官标，虽并记事实而各有进退。可知《史记》之文主观固不减于客观也。后世文学所以不及《史记》者，以其题在意先，就题为文，属于唯物的文学；《史记》则意在题先，借题发挥，属于唯心的文学。唯心能归纳，唯物只能演绎。《史记》八"书"，皆先定主意，而后借古今事实以行文。以视《汉书》八"志"，体裁虽同，而作法则殊。盖《汉书》为存一代之掌故，以记事渊茂，叙述得法为主。故记五行即就五行立言，记天文即依天文为说。《史记》欲借事立言，以发挥意见为主。如《礼书》本于荀卿《礼论》,《乐书》出自《礼记·乐记》,明其对于礼、乐之意见,与《荀子》《礼记》相同也。《汉书》以下,客观益多,降及六朝,史自史而我自我,等于官书,毫无主观之致矣。

各体文学,亦有主观客观之殊。如《三都》《两京》固属客观之赋,而《思玄》《幽通》则以发挥己意为归。屈原《离骚》,体属唯心,而荀卿《蚕赋》,则宜隶唯物。溯源竟流,亦犹王粲《登楼》与蔡邕《短人》之异耳。吊文哀词贵抒己悲,墓志碑铭重在死者,主客异致,心物攸分。蔡中郎擅长碑铭,故客观之文学多。至于唐宋八家之文,作墓志而附加己意,未免乖体。议论之文亦非尽主观,如顾欢《夷夏论》等,专以实在之事理为主,不悉以己意为凭,殆属客观文学。惟道家者流,历论古今成败,以证己心之观念,则纯为主观文学。太史公之学说出于黄老,故能以心驭事,非如后世之心为事役也。两汉之时,儒家盛行,学术统一,除太史公书兼采儒、道、纵横外,其余各家皆内观少而外观多,舍唯心而趋唯物。降至正始,嵇、阮倡为道家之文,校练名理,辨析玄微,唯心之风,又复转炽。如阮嗣宗《乐论》非述乐之沿革,《易论》亦异《易》之注疏,惟以己意贯串,故与堆积事实者不同。又如嵇叔夜之《养生论》,句句出于己心;《声无哀乐论》亦能发前人所未发。以此上较东汉之文,如刘梁《辨和同》之敷衍成篇,班彪《王命论》之但就史实判断者,显然主观与客观不侔矣。陆士衡亦长于唯物文学,与蔡中郎相近,而平实盖犹过之。观其《文赋》专写为文之甘苦,其诗亦无一句不实。若《五等论》之类,就题为文,丝毫不遗,殆与《三都》《两京》之作法相同，亦由归纳之处少而演绎之处多耳。潘安仁之诔文，纯表心中之哀思，以空灵胜，情文相生，非客观所能有，故能独步当时，见称后代也。由上所论，可知文章各体虽非尽属主观，而如情文相生之哀吊，校练名理之论辨，援事抒意之传记，固应以唯心为尚也。

十二　神似与形似

　　近人论文，谓模拟一代或一家之文，不主形似，但求神似。此实虚无缥渺，似是而非之论。盖形体不全，神将奚附？必须形似乃能屠然不辨，此固非工候未至者所能赞一词也。夫杼柚篇章，岂为易事？章法句法既宜讲求，转折贯串犹须注意。逮至色泽匀称，声律调谐，然后乃能略得形似。形似既具，精神自生。学班、蔡之文者，不独应留意句法章法，且须善于转折。李申耆有拟东汉碑铭各篇，规模略具矣。凡模拟古人文学，须从短篇及单纯之意思入手，而徐进于长篇及复杂之意思。至镕各家为一炉之语，殆空谈耳。清代汪容甫作碑铭杂用《国语》《国策》《史记》《汉书》诸体，而参之以唐宋之文，遂至骈散皆不可辨，此镕合之弊也。又文章之美，全由性情。嵇康、阮籍固不相同，与王弼、何晏尤不相类。故模拟古人之文须先沟通其性情之相近者，若不可沟通，则无妨恝置。王半山、黄山谷学杜俱能得其一体，故能流传于后。若明前七子之诗虽不甚劣，而其文章则持撮《庄》《荀》《史记》之调而沟通之，所以不足道也。《七启》亦是模拟之作，然而不为病者，以其规模仍旧，而字句翻新耳。学陆士衡之文，仅知炼句尚不可，必须炼柔句为刚句，劲如枝之不可折，斯可矣。

十三　文质与显晦

　　文学之性质，有相反者二事，而不可一有一偏无焉。兹述之如下：

　　（一）文与质最相反者也。东汉一代文质适中，赋、诗、论、说、颂、赞、碑、铭各体，皆文质相半。惟张平子、班孟坚，文略胜质；蔡中郎之碑铭则有华有质，章奏亦得其中。建安以后，文风丕变，有文胜质者，有质胜文者。辞赋高华，较东汉为胜；章奏质朴，较东汉为差。《东观汉纪》及袁宏《后汉纪》所载东汉诸人之章奏，皆文质适中，即考据议礼之文亦有华彩可观，非如建安三国之重名实而求深刻也。西晋之时，陆士衡之表疏，如《谢平原内史表》等，文彩彬蔚，与辞赋无殊。其余各体亦皆文质相参。嗣宗高华，亦未舍质。故知后世惊彩绝艳之文，格实不高，与宋人语录相较，一浅一深，其弊则同耳。欲求文质得中，必博观东汉之文，以蔡中郎诸人为法，乃可成家。观《晋》《隋》两书之《礼志》及杜佑《通典》诸议礼文字，虽主考据而并有文彩。《颜氏家训》各篇亦质而有文，与后世之质朴者相去远甚。故文质得中，乃文之上乘也。

　　（二）文章有显有晦，各有所偏。扬子云《太玄经》及《剧秦美新》等固有艰深之字句，而《十二州箴》及《赵充国颂》等篇，则文从字顺，毫不冷僻。可见古人作文固非尽隐晦难知者。又文之通病显则易浅，深则易晦，锤炼之极则艰深之文生。然陆士衡之文虽极力锤炼，而声调甚佳，风韵饶多，华而不涩。西晋普通之文俱极隽妙，而绝不浅俗。若清之董祐诚故意堆积故实，则深而流于晦；袁子才务期人尽可晓，则显而流于浅，均未得其中也。古人之文，深而流于艰涩者，除樊宗师之《绛守居园记》外，绝不多见。盖文章音调，必须浅深合度，文质适宜，然后乃能气味隽永，风韵天成。潘安仁、任彦昇之文所以风韵盎然者，正以其篇篇皆在文质之间耳。

十四　文章变化与文体迁讹

　　凡文章各体皆有变化，但与变易旧体不同。就篇法而论：如纪传体之先后，本应以事实为序，然因事之重轻间或用倒叙法。《史记》各传，通例皆用顺叙，而《卫青霍去病列传》即两人插叙，年月次序丝毫不紊。《汉书》各传，皆传前论后，而《王吉贡禹列传》则先叙商山四皓，发为议论。又《扬雄传》内只引其自序，实在事迹反叙于论内。变化虽繁，要并与传体无悖。蔡中郎之《杨炳碑》，尽用《尚书》成句，虽与普通各篇不同，而虚实并存，亦不乖碑体，此皆在本体内之变化，而非以他体作本体之文。绝无以传为碑或以碑为传者。降及六朝唐世，仍循此例，未尝乖忤。此篇法变化无关文体者也。就句法而论：古人之变化亦甚多。试即对偶一端而言，有上句用两人名，下句用一人名者；有上句用地名，下句用人名者；亦有上下两句同用一意者。此种词例甚多，无非求句法新颖，不与前人雷同而已。两汉之文如蔡中郎诸人之声调，乍视似不悬殊。若写为声律谱以较，则其句法词例无虑百余种。建安文学所以超轶当时者，亦以其诗文之声调句法为两汉所未有。如吴质《与陈思王书》，即其例也。故学一家之文，不必字摹句拟，而当有所变化。文章中之最难者，厥为风韵、神理、气味，善能趋步前人者，必于此三者得其神似，乃尽摹拟之能事，若徒拘句法，品斯下矣。凡一代之名家，无不具此三者，而各家之间又复不同。如陆士衡与潘安仁各有气味，自成风韵，异曲同工，不能强合。至于文章之神理，尤为难能可贵，即谢康乐所谓"道以神理超"也。如潘安仁、任彦昇之文皆有神理，但或从情文相生而出，或从极淡之处而出，或从隐秀之处而出。凡学古人之文，必须寻绎其神理与风韵，若面貌毕肖，而神理风韵毫无，不足与言拟古矣。陆士衡于碑铭一体，心摹神追蔡中郎，其篇幅虽长，偶句虽多，而文章之转折，句法之简炼，以及篇章之结构，皆能具体而微。谢康乐之文颇似潘安仁，而其论体则摹拟嵇叔夜。虽体裁无嵇之大，而作法得嵇之工夫甚深，间有数篇，置之嵇文中亦不辨真赝。又六朝人之学潘安仁而能得其风韵者，则惟谢庄、谢玄晖二人。颜延年之文，亦可以为士衡之体贰，不独炼句似陆，即风韵亦酷肖之。陆之风韵在"提"与"警"，延年得其一隅，故能俨然近真，惟其诗尚不及陆之显耳。江文通之文，得力于《楚辞·九歌》者甚深，其体裁句法未必篇篇皆肖，而神理风韵殆能心慕神追。可知摹拟一家之文，必得其神理风韵，乃能得其骨髓。句法无妨变化，而气味实质不宜相远。研览六朝人学两汉三国西晋之文，即可为后世摹拟一家之模范矣。

至于文章之体裁，本有公式，不能变化。如叙记本以叙述事实为主，若加空论即为失体。《水经注》及《洛阳伽蓝记》华彩虽多，而与词赋之体不同。议论之文与叙记相差尤远，盖论说以发明己意为主，或驳时人，或辨古说，与叙记就事直书之体迥殊。所谓变化者，非谓改叙记为论说或俦叙记为词赋也。世有最可奇异之文体，而世人习焉不察者，则杜牧《阿房宫赋》，及苏轼之前、后《赤壁赋》是也。此二篇非骚非赋，非论非记，全乖文体，难资楷模。准此而推，则唐以后文章之讹变失体者，殆可知矣。又六朝人所作传状，皆以四六为之。清代文人亦有此弊。不知《史》《汉》之传，体裁已备，作传状者，即宜以此为正宗。如将传状易为四六，即为失体。陈思王《魏文帝诔》于篇末略陈哀思，于体未为大违，而刘彦和《文心雕龙》犹讥其乖甚。唐以后之作诔者，尽弃事实，专叙自己，甚至作墓志铭，亦但叙自己之友谊而不及死者之生平，其违体之甚，彦和将谓之何耶？又作碑铭之序不从叙事入手，但发议论，寄感慨，亦为不合。盖论说当以自己为主，祭文吊文亦可发挥自己之交谊，至于碑志序文全以死者为主，不能以自己为主。苟违其例，则非文章之变化，乃改文体，违公式，而逾各体之界限也。文章既立各体之名，即各有其界说，各有其范围。句法可以变化，而文体不能迁讹，倘逾其界畔，以采他体，犹之于一字本义及引伸以外曲为之解，其免于穿凿附会者几希矣。

十五　汉魏六朝之写实文学

今之论者辄谓六朝文学只能空写而不能写实。抑知汉魏六朝各家之文学皆能写实，其流于空写者乃唐宋文学之弊，不得据以概汉魏六朝也。

中国古代之文体，本有数种，如《诗经》虽有赋、比、兴，而其中复有虚比；《周礼》之记官制固用写实，而只举大纲，不及细目，故此二经之文体不尽为写实。然《仪礼》一书则可为写实之楷模，其记某礼也，自始至终，举凡宾主之仪节方位，以至升降次第，一步一言，无不详细记载，须眉毕现。如《乡饮酒礼》于宫室制度，揖让升降，乃至酒杯数目皆描写尽致，今观其文即可想见当日之情形，此张皋文所以据之作《仪礼图》也。

再就史书而论，《史》《汉》之所以高出于后代者，即在其善于写实。故每记一事，则经过之曲折，纤细不遗；记战争则当日之策画了如指掌。例如《史记·留侯世家》中记郦食其劝立六国后事，于当时之情状尽能传出（卷五十五），《项羽本纪》（卷七）、《信陵君列传》（卷七十七），不独写出本人之性情，即当时说话之声容情态亦跃然纸上，其传神之妙，何减画工？《汉书》前半多本《史记》，而武帝以后之记传，亦自具特长，不容与《史记》轩轾。即如《陈遵》《原涉》两传（卷九十二），何减于《郭解》《朱家》（《史记》卷一百二十四）？《赵飞燕传》（卷九十七下《外戚传》）虽似小说家言，而实系当时之实录。至其表现仁厚及暴虐者之神情，亦无不惟妙惟肖。如《朱云传》记廷折张禹事（卷六十七），迄今读之，犹生气勃勃，可知《史》《汉》非以空写作文章者也。

《晋书》《南史》《北史》喜记琐事，后人讥其近于小说，殊不尽然。试观《世说新语》所记当时之言语行动，方言与谐语并出，俱以传真为主，毫无文饰。《晋书》《南史》《北史》多采自《世说》，固非如后世史官之以意为之。至其词令之隽妙，乃自两晋清谈流为风气者也。古时之高文典册，亦以写实者多，润色者少，非独小说为然。惟其中稍加文饰，亦所不免，如传状本以记事为主，用表象形容之词即为失体。然《史记·石奋传》"子孙胜冠者在侧，虽燕居必冠，申申如也"（卷一百三），《汉书·朱云传》"蹑齐升堂抗首而请"，并用《论语·乡党》文。实则汉人之衣冠亦未必与周制相同，用此两语，即近粉饰。但施之碑铭则甚调和，此殆沿用当时碑文未加修改，致乖史传之体耳。

唐以后之史书用虚写者甚多，非独不及《史记》《汉书》，且远逊于《晋书》《南史》《北史》。唐人所作之小说未尝不多，而《唐书》所以不及《晋书》《南史》《北史》之采用《世说新语》者，则由文胜于质，不善写实而已。宋以后之史书，或偏于空写，或毫无神采，所据者非当时之官书，即当时之碑志。官书避免时忌，业经删裁；碑志仅记爵里生卒，亦不能传达声容言动，求其传神，殆不可能。今之谓中国文学不善写实者，责之唐宋以后固然，但不得据此以鄙薄隋唐以前之文学也。中国文学之敝，皆自唐宋以后始。例如流俗文章中于官名地名喜比附古人近似之名词以相替代，此皆自唐之启判，宋之四六开其端。即徐、庾之文尚不至此。清代应制之书启贺表染其流毒，喜用帮衬之名词，所用之字亦似通非通。民国以来普通之电报书札，亦与前清无别，此弊皆唐宋应酬干禄之文字肇之，汉魏六朝之文学固不可与此并论也。

由上所论，史传一类固应纯粹写实，而词赋诗歌则亦间有写实之体，如荀卿《箴赋》《蚕赋》，刻画甚工（《荀子》卷十八《赋篇》）；蔡邕《短人赋》（本集外纪，《全后汉文》卷六十九，页四）亦惟妙惟肖，此词赋之能写实也。至于《左传》宣公二年引宋城者之讴，形容华元之弃甲，及汉代乐府《孔雀东南飞》记焦仲卿妻事（《古诗源》卷四），则并诗歌之能写实也。推若韩昌黎《石鼎联句》之类，刻画过于艰深，殆非写实之正宗耳。

碑铭颂赞之文，盖出于《书经·尧典》之首段，与《礼经》之不可增减一字者不同，本以"拟其形容，象其物宜"为尚，而不重写实，秦、汉碑铭全属此体。后人不知文字有实写与形容之别，亦不知有表象之法，故以典故代形容，典故穷后易以代词，此风自六朝已渐兆其端，唐、宋始变本加厉。今人习而不察，因据唐、宋以后之文学以律陈、隋以上，殊未见其可也。

综之，汉魏六朝之文学，皆能实写，非然者即属"拟其形容，象其物宜"一类。又词中于荀卿《赋篇》一派外，又有司马长卿《长门赋》，描写心中之想象，王仲宣《登楼赋》，发抒羁旅之悲怀，虽非写实而亦善传神。中国文学中之有写实、传神二种，亦犹绘画中之有写生、写意两派，未可强为轩轾也。

十六　论研究文学不可为地理及时代之见所囿

　　《隋书·文学传序》论南北朝文体不同云："江左宫商发越，贵于清绮；河朔词义贞刚，重乎气质。气质则理胜其词，清绮则文过其意。理深者便于时用，文华者宜于咏歌。此南北词人之大较也。"（《隋书》卷七十六）后代承之，亦有谓中国因南北地理不同，文体亦未可强同者。然就各家文集观之，即殊不然。《隋书》之说，非定论也。试以晋人而论，潘岳为北人，陆机为南人，何以陆质实，而潘清绮？后世学者亦各从其所好而已。若必谓南北不同，则亦只六朝时代为然。盖名理初兴，发源洛下，王、何、嵇、阮之流，各以辩论清谈成风，西晋承之，无由变易。及五胡乱华，中原文士相率南迁，于是魏晋以来之文化遂由北而南。其时南北之所以不同者，北方文句重浓，南方文句轻淡，自东晋以降，北如五胡十六国，南如晋、宋、齐，大抵皆然。揆厥所由，则以晋承清谈之风，出语甚隽。宋、齐踵继，余韵犹存，及齐、梁之际，宫体盛行，则又加以绮丽。沿流溯源，殆仍洛下玄风，逐渐演变，而非江南独有此派文学也。北方经五胡之乱，名理弗彰，文遂变为质实。元魏、北齐、北周大都如是。及庾信入周，乃始沟通。周、隋之际，南北又趋混一。准是以言，则南北固非判若鸿沟耳。上溯两汉，南北之分亦不甚严。《教官碑》为江南石刻，而作法与北碑无别。班孟坚、蔡中郎均超迈当时，而学之者不问南朔。更就清代论之，胡天游本为浙人，而追摹燕、许，功候甚深；其他北人而擅长六朝文学者，尤不可胜数。倘能于古人文字精勤钻研，无论何人均不难趋步，士衡入洛，子山入周，南北易地，各能蔚成文风，然则，文学奚必有关地理哉？

一代杰出之文人，非特不为地理所限，且亦不为时代所限。盖文体变迁，以渐而然。于当代因袭旧体之际，倘能不落窠臼，独创新格，或于举世革新之后，而能力挽狂澜，笃守旧范者，必皆超轶流俗之士也。如祢正平之在东汉，远逊孔融、蔡邕，而其文变含蓄为驰骋，全异东汉作风，故能见重当时；又如曹魏章奏以质实为主，惟陈思王篇制高华，不价旧规，亦能独迈侪辈，并其例也。故研究一家之文于本人之外尚须作穷源竟流功夫。如研究阮嗣宗当溯源于陈琳、阮瑀，推而上之，更可考及祢衡。又如张平子文颇得宋玉之高华，在当时虽无影响，而能下启建安作风，不考平子无以知建安，亦犹不考琳、瑀无以知嗣宗耳。汉代章奏虽未必篇篇皆如刘向、匡衡，而规模大致不远。至如赵充国《屯田颂》之句句切实者，在两汉殊不多觏，然至曹魏之际，其体遂昌，此亦当代不能盛行而为后代推崇之例。他如陆士衡《辩亡》《五等》各长论，实由《六代论》《运命论》开之；潘安仁清绮自然之文及下笔转圜之处，实由王仲宣开之；任彦昇下笔轻重及转折法度，实由傅季友开之。而欲知庾子山转移北方风气之故，尤不可不溯源于梁代宫体。盖徐陵、庾信之文体，实承《南史·简文帝传》所载徐摛、庾肩吾之家风。而为宫体导夫先路者，则永明时之王融也。今之谈宫体者，但知推本简文，而能溯及王融者殆鲜，斯何异于论清谈者，但知王弼、何晏，而不能溯源于孔融、王粲也哉？此穷源之说也。

晋宋文人学陆士衡者甚多，而颜延年所得独多；学潘安仁者，亦不一而足，而谢庄所得独多。延年诗文均摹士衡，《赭白马赋》尤酷肖。谢庄亦长哀诔，华丽虽逊安仁，而饶有情致。故研究陆、潘二家者，于本集外尚须涉览颜、谢之文，以究其相因之迹。傅季友、任彦昇之后颇少传人，惟汪容甫确能得其仿佛。陈其年摹拟庾子山虽不甚高，顾自唐代以来，鲜出其右，撷其佳作亦往往可以乱真。故研究傅、任、子山者，不可不以汪、陈为参镜。此竟流之说也。

今之研治汉魏六朝文学者，或寻源以竟流，或沿流而溯源，上下贯通，乃克参透一家之真相。真相既得，然后从而摹拟之，庶几置诸本集中可以不辨真赝矣。（如江文通所拟古诗酷肖古人，斯乃摹拟功候之深者。）

十七　论各家文章之得失应以
当时人之批评为准

　　历代文章得失，后人评论每不及同时人评论之确切。良以汉魏六朝之文，五代后已多散佚，传于今者益加残缺。例如东汉文章，以蔡伯喈所传独多，而《艺文类聚》所引，宋人刻本《蔡中郎集》已未尽收。南北朝文以庾子山所传独多，而今之《庾开府集》亦非全豹。故据唐宋人之言以评论汉魏，每不及六朝人所见为的；据近人之言以评论六朝，亦不如唐宋人所见较确。盖去古愈近，所览之文愈多，其所评论亦当愈可信也。今若就明人王弇洲或清人胡天游之文以衡其得失，发为论评要当不中不远，若尚论古代则殆难言矣。二陆论文之书对于王、蔡辈颇为中肯，而于本身篇章亦能甘苦自知。凡研究伯喈、仲宣及二俊文学者皆宜精读。《汉书》谓《史记》质而不俚，盖指《陈涉世家》中，"涉之为王沈沈者"一类而言。蔡中郎自谓所为碑铭惟《郭有道碑》无愧色，则他篇不免形容溢美之处亦从可概见。余如建安七子文学，魏文《典论》及吴质、杨德祖辈均曾论及，《三国志·王粲传》及裴松之《注》亦堪参考。至于钟嵘《诗品》、刘勰《文心雕龙》，所见汉魏两晋之书就《隋志》存目覆按，实较后人为多，其所评论迥异后代管窥蠡测之谈，自属允当可信。譬如《史记》全书今已不传而惟存《伯夷列传》一篇，后人若但据此篇以评论《史记》列传之体，岂如当年曾见全书者所论为确耶？

十八　洁与整

研究各家之文，有必须知者二事：

第一须洁。文之光彩自洁而生。譬犹镜为尘蔽，光自不明；文杂芜秽，亦必黯淡，其理一也。欲求文洁，宜先谋句劲。造句从稳字入手，力屏浮滥漂滑，由稳定再加锤炼，则自然可得劲句。句劲文洁，光彩自彰。试观蔡中郎、班孟坚之文几无一句不劲，而亦几无一篇无光。潘安仁下笔虽轻，但仅免滞重，绝不漂滑；陆士衡长篇虽多，但劲句相承，不嫌繁冗，斯并知尚洁之义者也。

第二须整。整者层次清楚、段落分明之谓，非专指对偶而言也，汉魏之文对偶与后人不同，如《圣主得贤臣颂》《解嘲》《答客难》等篇，并非字句皆对，但其文非不整齐。即近代之文，无论何派何体亦未有次序零乱而可成家者，此贵整之义也。

然学为文章固须从洁净整齐入手，而非谓毕此二事即克臻佳境也，即如造句之法，不限于劲，但能造劲句，已奠属文之基。纵有偏失，亦不过一隘字。桐城方望溪之文，句句洁净，后人虽张大义法之说，然其最初法门要由洁净而入。亦有文章树义甚高，但因不洁累及全篇者，清代不善学六朝文之作家往往蹈此。可知无论研习何体，尚洁均为第一要义。至于汉人文章之段落层次虽与后代不同，然如蔡中郎文仅只转折不著迹象而已，其节落提顿亦何尝不清晰显豁耶？又层次不乱固属整齐，无闲字闲句仍属整齐，故洁净亦为整齐一端，凡文气不盛者切不可用肥重字，否则，难免徒由字句堆成，毫无生气。《论语》所谓修饰润色，《老子》所谓损之又损，按诸为文，亦莫不然也。嵇康之文虽长，而不失于繁冗者，由其以意为主，以文传意耳。意思与辞采相辅而行，故读之不至昏睡。若无新意，徒衍长篇，鲜不令人掩卷愦愦者。总之，临文之际，对于字句务求雅驯，汰繁冗，屏浮词。凡多之无益，少之无损，除文气盛者间可以气骋词外，要宜加以翦截，力从捐省。由兹致力，庶可句劲文洁，篇章整齐矣。

十九　论记事文之夹叙夹议
及传赞碑铭之繁简有当

中国文学之特长，有评论与记事相混者，即所谓夹叙夹议也。如《史记·魏其武安侯列传》，通篇记事，并无评论，而是非曲直即存于记事之中。余如《封禅》《平准》两书，句句叙事，亦即句句评论。故夹叙夹议之文以《史记》最为擅长。《汉书》之《食货》《郊祀》两志及《王莽》诸传，并为孟坚聚精会神之作，观其叙议相参，实堪与史迁伯仲。至于史传以外之文，如应劭《风俗通》之类，事实评论亦互相关联，未有舍记事而专为评论者。唐宋以降，盛行议论之文，徒骋空言，不顾事实，求其能如《史记》于记事中自见是非曲直者盖寡。明清而还，斯体益昌。论史但求翻新，议政惟骛高远，文变迂腐，意并空疏：其弊皆由评论与事实不相比附也。夫记事与评论之不宜分判，殆犹形影之不能相离。倘能融合二者，相因相成，则既免词费，且增含蓄，较诸反复申明，犹可包孕无遗，岂非行文之能事乎？试观蔡伯喈所作碑文，但形容事实，不加赞美，而其揄扬已溢于事实之表，赞美与事实融合无间，故文章绝妙。降及六朝，此法渐致乖失。如庾子山《哀江南赋》借古物以比附事实，固甚恰当，但于叙事之际不着功罪，及订论功罪，复赘他语，此汉人所未有也。至于后代四六，先用典故比附事实，事实之后更加赞美，则词费文繁，去古益远矣。东汉章奏议论之文，率皆平平叙记，而是非曲直自可了然。虽无后人反复申明、慷慨激昂之致，而得失利害溢于言表，斯并得力于夹叙夹议功夫耳。

如上所云，事实与评论既不可分，而纪传之外别有论赞、碑文之末复加铭词者，其故何耶？不知论赞铭词旨在总括文意，而与文之繁简无关。古代笔纸缺乏，抄写匪易，口传心受，必须约其文词且须整齐有韵，始便记诵。若累牍连篇，殆非尽人所能晓喻。故论赞即贯串纪传之大意，铭词乃综括碑文之事实，非于碑传本事之外别有增益也。唐宋论文者，以为铭之叙事乃补碑文所未足，不可与碑相犯。此由见《史记·乐毅传赞》全异本文，遂谓赞非总括大意，乃补传之不足；由此引申，更谓铭补碑阙，亦须另增新事耳。不知赞之本义，原与序同，序以总括书之大纲，赞以约述传之事实。（汉人赞、序不分，《离骚经》序亦或作赞。孔子赞《易》，乃作《系辞》，欲撮举《易》之大意而总括之也。）《史记》中如《乐毅传赞》者，仅寥寥数篇，并非正格。至于《蔡中郎集》如《胡广碑》等皆一人数篇，而其铭词绝无奇峰突起、不与碑文附丽者。他如《隶释》《隶续》及《两汉金石记》《金石萃编》等所载汉碑，亦莫不皆然。盖碑详铭约，约碑之详以为铭，广铭之约即为碑；亦犹史书约纪传而为论赞，恢扩论赞仍成纪传也。（唐韩愈《平淮西碑》亦总括事实于铭词者。）

又汉人石刻，铭后往往附有乱词，此体开自《楚辞》、汉赋，所以结束全文也。用乱者，一则以意义未尽，一则以意义虽尽而须数语作结始为完足。降及三国六朝，此体久废。今若为碑铭，似宜恢复乱词，以为全篇事迹或哀思之结穴焉。

总之古人为文，繁简义各有当。撢厥所由，《史记》《汉书》开示法门甚多，兹不暇一一列举矣。

二十　轻滑与蹇涩

中国文学受人攻击之点有二：

一曰粉饰。古代文学于写实以外原有表象形容一格，然与后世之粉饰迥异。大抵后人既不能实写，又不善形容，乃以似是而非之旁衬名词来相涂附，此种风气启自六朝，盛于唐代，宋四六及清人普通文字多属此类。其流弊所及，非独四六为然，作散文者亦摇笔即来，日趋套滥。返观汉魏，无此格也。夫语言为事实之表象，礼俗既异，语词自殊。今乃贺人生日必曰悬弧令辰，友朋饯行必曰东门祖道。坐不席地，岂有危坐之仪；簪无所施，宁有抽簪之论。他如称道尹曰观察，称京师曰长安，号伶人为黎园，目妓女为教坊。凡兹冗滥之词，殆属更仆难数。倘使沿用成习，非特于文有累，且致文格不高！然风尚所被，不限庸流，即贤者亦所不免，盖其由来渐矣。此今日为文首宜屏弃者也。

二曰游戏笔墨。夫涉笔成趣，文士固可自娱，但不宜垂范后世。以其既不雅驯，且复华而不实也。尤西堂各体文字率用词曲笔墨，故皆含游戏气味。李笠翁、蒋心余辈尤而效之，益多嬉笑玩世之作。试观《烟霞万古楼文集》所录，其文何尝无才，但究非文章正格，故毫无价值可言。凡学为文章，与其推崇天才，勿宁信赖学力。庸流所奉为才子派者，实不足为楷式也。

今日研习各体文章，轻滑之作固不足道，而过于蹇涩亦非所宜。蹇涩之弊，大抵由于好高立异，不屑俯循常轨，每遇适可而止之处辄以深代浅，以难代易。逮养成习惯，不期而然，虽异轻滑，亦难引人兴趣，其弊一也；口吻蹇碍，不能诵读，其弊二也；意欲明而文转晦，其弊三也；全用单字堆砌，毫无气脉贯注，死而不活，其弊四也。夫有韵之文宜用四言，施诸别体，即难免上述之弊。试观出土汉碑多用四字句，然与蔡中郎所作相较，则音节文气优劣立辨。故过求蹇涩，亦为文之大戒也。七八年前，余尝好为此体，为文力求艰深，遂致文气变坏。欲矫一时之弊，而贻害于后人者已非浅鲜。今观外间蹈此弊者不一而足，文求艰深，意反晦而不明，矫枉过正，殊有害而无益也。文之艰深平易各有所宜：扬子云之《太玄》固艰深，而《十二州箴》及《赵充国颂》何尝不平易？司马相如之《子虚》《上林》固艰深，而《难蜀父老》《谏羽猎疏》何尝不晓畅？刘子政文虽篇篇明白，然亦间有诘屈聱牙者。惟班孟坚、蔡伯喈之文几无一篇不和雅可诵，洵上乘也。故知文贵称情而施，不容一概相量。如韩昌黎之《石鼎联句》已觉艰深，若必如樊宗师之《绛守居园记》，则文章尚有何用？凡学为文章者，务求文质得中，深浅适当。炼句损之又损，摘藻惟经典是则，扫除陈言，归于雅驯，庶几诸弊可祛，而文入正轨矣。

二十一　论文章宜调称

文章最难与题目相称，但无论讲名理，抒性情，或显或隐，要须求其相称，始不乖体。譬如讲名理之文，若晋人"声无哀乐""言不尽意"等论，宜有明隽之气味，而所谓明隽者即于明白晓畅中饶有清空韵致也。倘有腐说，或过用华词，即为不称。又如深情文字，若吊祭哀诔之类，应以缠绵往复为主，苟用庄重陈腐语，即为不称。序文之说经考据者固应庄重，而不可出以明隽或轻纤，但笔记、小说、文集诗词之序，若过于庄重，亦为不称。故知名理之文须明隽，碑铭须庄重，哀吊须缠绵，咏怀须宛转，相体而施，固非一成不变也。

文之含蓄或条畅，亦视题目而异：说理记事固应明白晓畅，若《离骚》之类即应有缠绵不尽之意。至于一篇之中，尤贵色泽调匀、前后相称。如蔡中郎文全用经书，其中若参有一二句王、何玄谈，或徐、庾宫体，立即杂不成文。又如扬子云之辞赋，虽造句艰深，而能通篇一律，即不嫌疵类。夫文因时代而异，亦犹人因面貌而殊。若一时代而有数派文字并存，殆亦承上启下之津渡而已。如曹魏初年，陈思王与陈群、王朗辈华质不同。陈思殆东汉之殿军，群、朗则魏晋之先导，其升沉消长之渐，固不可不察也。今日而欲摹拟魏晋，或仿效齐梁，其字句气味皆不可通假。文之造句本不甚难，所难者惟在字句与本篇意趣之相称。试观魏晋之文，每篇皆有言外之意。如孙绰、袁宏之碑铭何尝仅在字句间尽文章之能事？于字里行间以外固别饶意趣。善学魏晋者，务宜由此入手。东汉之文皆能含蓄，如《鲁灵光殿赋》非纯由僻字堆成，且含有渊穆之光。善学东汉之文者亦必烛见及此。蔡中郎文每篇皆有渊穆之光，今日能得其气厚者已不多见，更何有于渊穆？此事骤看似易，相称实难，盖所谓有光者，非一二句为然，而须通篇一律也。若浅言之，则通篇须用一种笔法，用重笔者全篇须并重，笔姿疏朗者全篇须一致疏朗。然晋宋文字有全用轻笔者，亦有重笔之中用轻笔提起者。如陆士衡文虽用重笔，而能化轻为重，故尤为难学。但能得其三昧，即不至有僧衣百衲之诮矣。清代各家文集中均难免不称之弊。如汪容甫之《自序》及《汉上琴台铭》，全篇固甚相称，余则一篇之中或学汉魏，或学六朝，或学唐宋以下，斑驳陆离，殊欠调和。降及洪北江、王湘绮辈，虽为一时所宗，而不称之弊尤多。可知文章求称之不易矣。今既分家研究，第一，须求文与题称，应辨说理与抒情之殊；第二，谋篇须称，不可以数句为一篇之累。又文之轻重悉在用笔，而与用典无关。俗谓用经说则重，用杂书则轻。然潘安仁《夏侯常侍诔》《杨仲武诔》，用经虽多，而未减其轻。又如谢康乐及陶渊明诗亦颇用经，但一无损于清新，一弗伤于淡雅。两汉之文几无一篇不厚重者，但如刘子政辈何尝不用子史杂书？故善于用笔，则用经典可使轻，用《楚辞》、汉赋可使重，轻重能否铢两悉称，惟用笔是赖。然则，笔姿相称，亦作文第一要务也。

三十三年十月十八日理竟于重庆聚兴村寄庐